40週寫作覺醒

[心法・示範・評析]

寫作GPS～聽專業教師引導寫作

佳作觀摩～看高手展演文章之道

寫作任務～練文字能力臻於至境

40 週寫作覺醒　出版序

　　2014 年由基測改制的首屆國中會考，作文成了影響分發的關鍵科目，許多家長團體抗議，認為這是十二年國教裡一個不公平的制度。因為考試，坊間多了許多作文班，希望在短時間內幫學生增加考試分數。回顧搭配考試的作文教育，不禁讓人感慨萬千，國高中階段，孩子們正經歷從小孩變成大人的過程，叛逆又大膽想像，但考試制度與菁英教育卻讓學習成了被扭曲的產物，測驗與評量脫離輔助教學，成為主導學習策略的的角色。這使得本該是最具創造力的孩子失去了想像力，為了考試，寫出迎合大人的範本作文。

　　「聯合報寫作教室」發展近十年，一開始僅是協助學校彌補缺乏的寫作教學資源，而到今日，我們企圖幫助孩子找到最原始的好奇心與學習動力，發展出能夠一輩子倚賴的寫作表達能力。於是我們結合「聯合報寫作教室」的老師群，以「覺醒」為題出版專書，希望幫助孩子提升寫作技巧，並增加孩子的信心，把寫作當作一個樂意長期修練的功課。

　　寫作是一件美好的事情，可以抒發情感、記錄可能遺忘的經驗，如何讓它能感動人、影響人，不僅是需要練習磨練，更需要專業協助來培養所需要的觀察力、邏輯分析能力，以及創造思考力。寫作是一種運用文字的表達能力，文以載道，關鍵是文字背後所承載的道理，縱使我們可以透過不斷練習與模仿，讓我們的文章有模有樣，但真正有價值的，還是腦袋裡想要分享的感情、或是闡述的道理，因此除了每週配合本書的方法練習，以及參考文章賞析，來熟悉運用文字表達的方法與策略外，更重要的，是要走出教室，透過體驗、觀察自己的生活，努力增廣見聞，或是透過與別人的討論激盪，統整自己的經驗與蒐集到的素材，形塑屬於自己的觀點和見解，如此才不至於人云亦云，才能不為老師而寫、不為考試而寫，而是為自己而寫。

　　「聯合報寫作教室」在台灣與各級學校合作，共同推動寫作教學，透過教材與教學設計的研發，以及專業師資的培訓，幫助學校和學生，不僅把眼光放在考試結果，而能更有耐心地幫助孩子提升學習興趣、國學文化素養，以及累積人生經驗與見識，透過有效的方法養成思考能力，讓我們的孩子未來進入社會後，會比我們這一代更有想法，更善表達，這樣我們的社會才能夠不斷的進步，而我們的下一代才能有更快樂的人生！

聯合報教育事業部

陳迪智

2016.8.20

使用說明

1 選擇一個寫作情境

人生滋味

人際

2 聽專業教師的寫作引導

寫作
GPS

1

3 看看作家們的小故事，或來個隨堂練習

隨身筆記本

據說俄國文豪托爾斯泰身邊永遠帶著筆記本，隨時記錄生活見聞與文句。唐朝詩人李賀白天出外一有靈感，就把詩句寫

5 挑戰寫作任務

立刻到 42 頁挑戰寫作任務 1 吧！

32

4 觀摩得獎作品與教師評析

40 週寫作

佳作觀摩

本作是「正反合」的形式，將兩個衝

目 錄

社會透鏡

時空感知

人生滋味

人生酸甜苦辣滋味千百種，喜怒哀樂愛惡欲如何抒發？

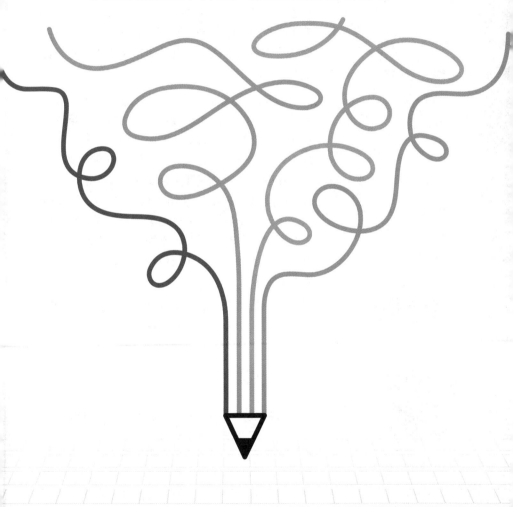

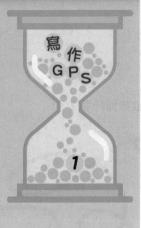

人生滋味

人際相會

社會透鏡

時空感知

從作文看「創意」

作家焦桐分享參與聯合盃全國作文大賽評審的經歷，談到從一開始震撼於學生出色的寫作能力，到後來驚訝於眾多作品的一致性，認為學生缺乏了自己的個性。在 2015 年會考時，曾昭旭老師也提出學生寫作〈捨不得〉一文，過多學生消費了祖父母的死亡，反映出學生的生活經驗貧乏。

因此，在這些寫作測驗中，就產生了一個很有趣的現象，我們可以發現，學生在寫作手法上不乏名師指點，亦有能力寫出出色的作品。而且學生對於寫作充滿熱忱，願意付出時間，學習各種寫作的技法，然後運用到文章之中，那是付出多少時間練習，才能得到的成果。另外，這也說明學生並不是拿到題目就傻傻地寫，而是能運用各種對自己有利的資源，來完成寫作任務，顯然很多學生已熟稔於操作寫作策略，這些是多麼令人感到欣喜！

但問題來了，面對這樣的學生表現，大家卻給了負面的評價，這又是為什麼？又該如何克服呢？

這些問題的出現是很自然的，因為大家的文章都很出色，都能運用寫作技法來進行寫作，於是，僅能運用寫作技法的文章，就相對顯得一般，因為你的文章僅是不斷重複他人的生命經驗，從範文或者師長的分享中獲得的，是一種經由想像而得到的情感，畢竟不是真的。因此，在文章的選材與內涵上，能不能凸顯出寫作者的創意，就展現出文章層次的差異。

怎樣可以不再千篇一律？仔細聽囉！

同時，我們會認為學習了寫作，理當應該有所成效，偏偏寫作需要長時間進行耕耘，而且寫作技法容易教，成果也能清楚看到，但情感卻難以引導，也不易掌握。當學生們有著考試的需求與壓力，自然而然追求成果的展現，也就形成對於寫作技法學習的需求。但，我們必須要釐清一個概念，寫作與生活是不可分割的，應該對於生活有著細膩的觀察、豐富的情感，然後為了將那滿溢的情感訴諸文字，進而追尋多樣的表達，而非不斷學習技法，然後找尋可表達的材料，這是本末倒置的情形。

因此，面對寫作種種的難題，我們要怎麼做才能讓文章有創意，怎樣才能增進自己對於生命的體悟，寫出從自我角度出發的作品，而不再是別人生命的複製呢？就藉由「閱讀」擴展自己的生命體驗，以及觀察日常生活的細節，用「寫日記」留下紀錄吧！

 福婁拜與莫泊桑

世界短篇小說大師莫泊桑成名前，長期接受法國著名小說家福婁拜的指導。福婁拜為了訓練莫泊桑的觀察力，曾要求他騎馬出去跑一圈，回來之後把自己所看到的一切記下來；又要他練習描寫雜貨店的老闆和守門人，以及馬車站裡的一匹馬，讓別人可以知道他們與其他人、馬的不同。你每天上下學路上看到了什麼呢？試著寫下來吧！

鍛鍊觀察力，今天就開始！

佳作觀摩

禮物

宜蘭縣復興國中 國八 范翡夏

9th 聯合盃 作文大賽
首獎
2015 決賽

本作是「正反合」的標準形式，將兩個衝突的元素分列並陳之後，最後獲得完美的和解。當然光靠一個有效的形式，並不能寫出一篇好文章，本作之所以吸引人，更是因選材與內涵凸顯出作者的創意。他以「自己是個菜市場孩子」做為開頭，給予讀者一個鮮明的印象。

第二段以「父母總說，菜市場的孩子擁有上天賦予最好的禮物」做為後文伏筆。

作者在告訴讀者，針對「禮物」這個題目，他從自己的生命，找到「身為菜市場孩子的成長經驗」與「衣索比亞志工之旅」作為最重要的材料，接著，不忘以思考、反省、感受拉高文章立意、明確文章主旨。

　　他們都說，我是菜市場的孩子。

　　從小到大，無數句的冷嘲熱諷，早已讓我心中的自信之牆徹底瓦解，我為此哭過無數次，甚至到後來，心靈麻木的我擠不出一滴委屈的眼淚。父母總說，菜市場的孩子擁有上天賦予最好的禮物，但我心中明明白白，那是哄小孩的言語，魚腥味伴隨著豬肉的血腥，上天對我好眷顧嗎？

　　就這樣，我是懷著憤世嫉俗的心態成長著，從不幫忙爸媽洗菜、收銀，單叫我在旁低頭玩著電動遊戲，我便覺得可恥，偶爾遇上同學家長來買菜，我更是覺得無地自容，跟爸媽頂撞也就成為了家常便飯，每個人都說我不孝，我心中只是憤恨：「我沒有我該得到的尊嚴。」家人從菜市場對邊買來的晚餐，我也常一個人生著悶氣把它丟入排水孔。那對我來說是骯髒的東西！哼！我怕雷公嗎？

　　直到那年暑假，學校徵求一批志工到衣索比亞幫助那裡的孩童，聽到可以整個暑假都不用待在吵雜腥臭的市場，我當然是十二萬分的願意，於是，我參加了這次的轉捩之旅。

　　當我們到達衣索比亞的鄉村，我不由得驚了，我總預想，再髒，也不比市場髒；再臭，也不比市場臭；再沒有食物，也不會比市場中全是菜捲的便當難以入口。但我錯了，全盤錯了！好幾個孩子，用枯瘦的軀幹挺著他們的大肚子，那又是什麼樣的苦楚？他們與死神又是怎樣的激烈征戰？幾個女人用馬尿洗頭，以前在電視中見過，我都只是不以為然，總想著這未免過於誇大，可信度極低，但如今親眼目睹，心中一

酸，這又是個怎樣的光景？有些家庭甚至一天只能分到一小塊麵包，肚子餓了，也只有尋尋覓覓土壤中的小蟲，若找得到，便是上天的恩賜了。我看著他們，怔怔的哭了，以前那浪費食物的我，可真是聰明過了頭啊！

　　回到臺灣，我抱著一顆虔誠且滿懷感恩的心回到市場。我知道我是幸福的，開始躍躍欲試的吵著要爸媽讓我洗菜、收銀，遇到認識的大人更是以最燦爛的笑容，向他們寒暄幾句，再也不視此為羞恥，反而將之視為榮耀！還有，我再也不把菜捲便當丟掉了，原來細細品味，每口都滿懷愛的滋味！原來不浪費，心情將不再浮躁巔巍！

　　我收到上蒼送給菜市場的孩子的禮物了。

最後，以一句「我收到上蒼送給菜市場的孩子的禮物了」作到首尾呼應。

總評：

由此佳作可知，文章能有豐富的情感與體悟，方法無他，只要我們留心身邊的人事物，仔細觀察生活細節，用心感受和反思生命經驗，文章便不再是寫別人的事，而能開始展現自己獨特的風采，迸發真誠動人的力量。

立刻到 42 頁挑戰寫作任務 1 吧！

人生滋味

人際相會

社會透鏡

時空感知

寫作
GPS
2

引人注目的開頭

　　一本好的書，從一翻開，就能狠狠攫住讀者的目光，讓人欲罷不能。但也有許多書，它的內容精采萬分，但卻因開頭較顯平淡，沉不下氣的讀者很可能便錯過了後面的精采內容。一篇好的文章亦是如此，要能一開始便吸引讀者進入作者的寫作世界。

　　雖說「正文」是文章最重要的部分，但是，若無良好的「開頭」，如何勾起讀者的興致仔細閱讀文章呢？就像結交新朋友一樣，開頭是文章給人的「第一印象」，開頭寫得好，自然加分不少。古人歸納出一篇好文章該有的結構是「鳳頭」、「豬肚」、「豹尾」。「鳳頭」即是指文章的開頭應像鳳鳥的頭冠一樣，冠毛色彩斑斕、引人注意，文章開頭要吸引讀者注意，看後引人入勝。

　　展開文章的方式有很多種，無論你用何種開頭法下筆，目的皆在吸引讀者閱讀之後的內容。尤其是大考的命題作文，閱卷老師閱讀了上百上千篇作品後，若你的作品能讓閱卷老師留下深刻的「第一印象」，相信你已經有好的開始，離成功更進一步了！

　　至於如何寫出吸引人的文章開頭呢？以下提供幾個常見的開頭下筆方法，每種各有巧妙，靈活運用後，相信作品會有更多樣的風格呦！

一、破題法：也就是常說的「開門見山法」，在文章的一開頭，便點破題目重點，直接寫出題目的要旨。

能先聲奪人，才能穩操勝算。

二、**喻題法**：文章開頭便運用譬喻法，將主題比喻成其他東西或景象。讓主題不只更有畫面，也更淺顯易懂。

三、**設問法**：利用疑問的語氣，來引導出主題的開頭方法，是最能夠迅速拉近寫作者與讀者距離的一種開頭方式。

四、**回憶法**：作者運用回憶的方式，來追憶往事，通常可再運用倒敘布局切入正題。

五、**觸景生情法**：由客觀景物連結到主觀想法，聯繫出相關情感，以情感打動人往下讀，是抒情類文章常見的開頭方法。

六、**懸疑法**：敘述一個情景或狀況，不直接說明，留下疑問，勾起讀著的好奇心，吸引人往下讀。

　　文章下筆方式不勝枚舉，只要能夠吸引讀者繼續往下看，都算是成功的開頭方法。平常寫作練習時，我們可以試著針對同一主題，利用不同的開頭法展開文章，靈活運用各種寫作技巧，在大考時你便能信手寫出新穎的開頭囉！

 卡夫卡的開頭

作品的「開頭」，常常讓作家們傷透了腦筋。開頭的寫法並沒有一定的規則，最重要的是要能引發讀者的好奇心，一直讀下去。卡夫卡《變形記》一開始，就讓主角從睡夢中醒來發現自己變成一隻大蟲，堪稱經典的開場。你看過什麼精彩的開頭？你要怎麼寫你的第一句、第一段呢？

哼哼哼！我要寫出前無古人的開頭！

關於那背影與這領悟

台南市新東國中 國九 鍾尚佑

7th 聯合盃 作文大賽
優等說服
2013 決賽

作者使用「懸疑法」開頭，敘述尋水登山，前途險峻的情景。接下來發生什麼事？作者能不能脫離險境？這些疑問吸引讀者繼續閱讀，想知道「未來會如何」，這是有吸引力的開頭方式。

踩在粗礪的岩層上，身旁流水的寬度漸趨窄小，我心想：前方是否將一片荒蕪？走得膽顫心驚，帶著諸多疑惑前行，死死盯著前方卻什麼也看不見，於是，越走越快，腳步越踏越亂，疑惑帶來的重量遠超負荷，汗水滑落眉間墜至地面，回頭走過路卻夾雜著飛白，身旁景象不斷變換，卻來不及將它牢牢記下，「懊悔」爬上我彎下的背脊，將我壓得更懦弱、更卑微，疲倦隨著睏意如潮水襲上，昏沉入睡。

水的優雅自適與作者被夢魘所困的情境形成對比，作者希望逃脫這樣的困境。

水，化做一抹淺藍身影，穿梭在山林之間，吟唱著優雅曲調、繞過重重阻礙奔向自由之海，我想出聲叫住，卻如蚊蚋般發出無意義的聲響，文字在眼前碎成小石，瞬間，五感全失，彷彿連自己也不曾存在過，只有黑暗淹沒、沉默掩埋，世界的模樣開始歪斜、扭曲，影子像著了魔似的漫天襲來，張牙舞爪著想撕毀我的夢想、我的生活、我的一切，「啊——」尖叫著醒來，惡夢已結束。

以輕鬆自在的背影形象，引領出作者的人生體悟——拋下疑惑，放下擔憂。遠眺的背影，其實代表了作者喜歡的生活境界。

睜眼，看見一個男人遠眺著前方，背後沒有任何包袱，挺著自信的背與滄桑的啤酒肚，但他哼著輕鬆的曲調、跨著歡快的腳步、撒落似山林深處最粗獷、最原始的大笑，彷若雷鳴，瞬間，我想追上他的腳步，但沉重負擔使我難以向前，「拋下疑惑、放下擔憂，好好去生活吧！」聲音在心底響起，彷彿被下了蠱，「砰！」包袱重重摔落，但身心輕盈似風，想到哪就能到哪，我感到驚訝且不可置信，而我成功了！

後兩段加強論述作者的領悟，不放手導致擔憂、疑惑，形成人生的包袱。人們若願意拋開包袱，就能得到自由。

「領悟」這兩個字在心苗浮現，原來，沒有懊悔、沒有疲倦，只是自己緊抓著負擔不放手，原來沒有所謂包袱，只是被疑惑填滿、被擔憂遮蔽，「振衣千仞

佳作觀摩

崗，濯足萬里流」原來是心境的改變，原來「真相」像一顆雞蛋，而我們在當中找不到出路，但敲破眼前總漫著迷霧的假相，事實便赤裸呈現，原來是如此容易。

漾起一抹微笑，關於那背影與這領悟，使我隨時、隨地、隨心所欲編織著美夢，即使腳下踩著荒草、踏著刀尖，都能翩翩起舞，即使道路躓蹭難行或布滿荊棘，都能高聲歌唱、跨阻礙譜自由之舞。沒有了太多無意義的沉重包袱，刊正新生輕盈的領悟，我感受到空氣的流動成風，而風又有怎樣的味道、來自何方，我幻化成風、幻化成水，穿梭、弋巡山海之內，是自由、是無怨無悔的翱翔於九天之上！即使他人不屑一顧，又如何？因自由，也無風雨也無晴，此刻，人生是平坦的康莊大道，任我悠遊！

總評：

如何有個「引人注目的開頭」？本文使用懸疑法，敘述冒險似的場景，崇山峻嶺，人物已倦，到底能不能解決困境？這樣的敘述方式讓讀者一路往下讀，第二段才解謎，使得篇內情緒高低起伏，是一篇不錯的示範。此外，文字優美，觀點集中明確，都是本文佳處。由困頓掙扎到輕鬆自由的改變關鍵，就是遠眺前方、腳步輕鬆的男子背影，題目「關於那背影與這領悟」即點出要旨。

立刻到 42 頁挑戰寫作任務 2 吧！

人生滋味

人際相會

社會透鏡

時空感知

寫作 GPS

3

你有累積詞彙、記錄生活或深思現象的習慣嗎？

巧婦難為無米之炊
——寫作的「米」從哪來

「巧婦難為無米之炊」，而學生若沒有材料就寫不出文章。材料可以說是文章的血肉，有了豐富的材料，文章才可能血肉豐滿。螞蟻之所以能夠安然過冬，是因為牠們有儲備的食物；蜂蜜之所以香甜，是因為蜜蜂勤勞採集珍貴的花蜜。而我們想在寫作上有出色的表現，平時扎實積累材料的功夫不可輕忽，有一定數量的材料，並從中提取精華，才有機會寫出具有新意的佳作來。

「巧婦難為無米之炊」不光寫的人痛苦，讀的人可能也要「忍受」內容的空洞，可謂雙方都苦不堪言。由此可知，寫作有兩大重點，若只有方法、若只懂得如何布局謀篇、遣詞造句，是無法完成寫作的，素材才是寫作的根本，素材才是寫作中的「米」。

「讀書破萬卷，下筆如有神」、「巧婦難為無米之炊」，這兩句話從正反兩方面說明了「積累寫作材料」在寫作中的重要性。「平時靠積累，考場任發揮」，這是考生們的共同體會。

寫作時，一切的技巧、方法，都是為了能更好地表達、表現素材，它們是為素材服務的，為了讓素材更鮮活，為了讓讀者能更好、更貼切的瞭解你的所思所想。技巧、方法，可以在語文的學習過程中習得，那關於寫作中的「米」——素材，我們該從哪裡去尋找呢？

一、建立「詞彙庫」： 詞彙是文章的細胞。累積詞彙的途徑有二：第一是廣泛閱讀。平時多閱讀書籍、報刊，並做好讀書筆記，把一些優美的詞

語、句子、語段摘錄佳句小卡上。第二是生活中鮮活的語言。平時要捕捉大眾口語中鮮活的語言，並能練習佳句仿作，這樣日積月累、集腋成裘，寫作時必能妙筆生花。

二、建立「生活經驗知識庫」：深入觀察生活、積極參與生活、感受這個有情有味的生活，進而將內容記錄於學生人手一本的聯絡簿，每次字數約一百至兩百字即可，再分門別類將不同材料整理好，例如：親情類、友情類、勵志故事類、社會關懷類、自我挑戰類、特殊人物類、夢想類……。建立屬於自己的生活經驗知識庫，方便隨時提取！

三、加強思考反省訓練：觀點、想法是文章的靈魂。文章主旨不明確，或立意不深刻，往往就浪費了一份好的寫作材料。因此，平時要深入思考，遇事多問問「為什麼」、「是什麼」、「該如何」。便能透過現象看本質，接著還要隨時把思維的「火花」記錄下來。

　　要尋找寫作中的這些「米」，其實只要我們留心我們身邊的生活，學會仔細觀察，深刻體驗，用心感悟和思考，寫作的材料便輕鬆地在這過程中慢慢的積累，那麼寫作也不再是一件苦差事。

隨身筆記本

據說俄國文豪托爾斯泰身邊永遠帶著筆記本，隨時記錄生活見聞與文句。唐朝詩人李賀白天出外一有靈感，就把詩句寫下來，投到錦囊中，晚上回家再把隻言片語寫成完整的詩篇，這也成為成語「錦囊佳句」的由來。

原來要會「問問題」！

佳作觀摩

我在天地之心的放下與珍惜哲學

台北市中正國中 國九 臧雨儂

作者在前兩段已提出主要觀點：塵世間物換星移、起伏得失，人都應以豁達的態度面對。得與失，在意的是人，對老天而言，都是過程而已。

　　繁瑣紅塵，總少不了酸、甜、苦、辣四味調劑，男女歡愛、景物夕換、事業起落……，無數風雨加諸在肩上的負荷，讓我們去珍惜它、愛護它。但誰又料想得到，這人生天地一沙鷗的百年歷練，亦少不了失去及磨難？

　　我們生來無所攜，死去也無從所帶，老天賦予的任務，不過是打開心扉，咀嚼與這些經驗相遇、別離的箇中滋味罷了。面對一切得失，可以在捶胸頓足中懊悔的拋出它；可以在胸懷心釋中迎接它；可以在氣通豁達中靜靜的等待下一個它，得與失，不過暫時的摟在懷裡，再等著老天收回，盡其在天。

蘇軾〈赤壁賦〉藉著「變」與「不變」兩種視角來論理：「自其變者而觀之，則天地曾不能以一瞬。自其不變者而觀之，則物與我皆無盡也。」本文作者於第三、四、五段也利用類似的寫作手法，分別由「得」與「失」兩種角度來看夕陽、流水與冬雪，說明天地不變，變動的是人的觀點。

　　我總惋嘆天邊火紅夕陽為何要無情拋下大地，帶走最後一抹惆悵？殊不知有那溫情柔婉的七彩雲霞，正安慰倚在門閣的落寞旅人，盼他沉沉睡去，以明日的萬丈旭日蒸乾眼旁兩排相思淚。

　　我總惋嘆高山流水為何要堅決的緣山而下，奔流而魯莽的帶走親人們的無盡思念？殊不知那無盡逝去的河水，是為了早日匯流入海，將獨守空閨的曼曼祝禱，推向出征汪洋的漁人，傳遞耳邊的泣訴軟語。

　　我總惋嘆冷冬寒雪為何要不顧一切的冰封萬物，藏沒所有生機的活潑？殊不知在那酷寒天地下，是世界交替的空轉期，將油盡燈枯的老去景物帶去，以最為景仰的心為他們默哀，而小心的在春泥中孕育春的芽苗。

　　深信天地萬物共有一心的我，漸次理解放手逝去的再次意涵，漂流在上天創造的平行時空，有些人選

擇以愚騃心態只見失去的表象，有些人選擇以靜定心情感念人生反覆的得失，傾聽下一段緣分的脈動。在天地之心，我試著學習傾聽落花脫離枝葉的瑣細歌聲，再伸手抓起一掌春泥，感覺曾經生命的翩翩舞姿，緩緩走向溪邊，我放下這一段回憶，交付流水傳達我心同在的喜悅，這時的我笑了，悟得放下曾經的我感受到淙淙溪水的祝福，也懂得再迎接下一段起程，繼續心靈的航行。

天地之間，以不同於以往的埋怨懵懂平靜的抹去世上有些沉重的紅塵人情，反而多了一味調劑：失而得的豐富璀璨。願在世一切，能細思品味身邊陰晴圓缺，既然自古即難全，不如盤坐其中，體悟天地之間珍惜、放下的人生哲學。

經過前文的論證，作者提出看法：生於天地之間，最重要的是豁達以對，了解珍惜與放下的哲學。不但呼應起首兩段思想，表達也更加明顯、深化。

總評：

本文題目有「天地之心」，作者亦從自然景物中取材，扣合「天地之心」，將生活中的經驗化為體悟（放下與珍惜）。若缺乏平日積累的生活體驗與思考，巧婦難為無米之炊。

本文除了立意取材、結構組織與遣詞用字均為上乘之外，觀點也相對成熟，帶有看透人世的老練之味——儘管作者只有十五歲。

立刻到 42 頁挑戰寫作任務 3 吧！

人生滋味

人際相會

社會透鏡

時空感知

一定要學會「曼陀羅思考法」。

靈感捕手——
運用曼陀羅思考法

　　寫作時最怕苦無靈感，望題興嘆，尤其是在有限的時間內必須完成文情並茂的作文時，該從何下筆呢？朱光潛先生在〈作文與運思〉中說：「在定了題目之後，我取一張紙條擺在面前，抱著那題目四面八方地想。想時全憑心理學家所謂『自由聯想』，不拘大小，不拘次序，想得一點意思，就用三五個字的小標題寫在紙上，如此一直想下去，一直記下去，到當時所能想到的意思都記下來了為止。」（出自《談文學》）對於寫作而言，聯想是一道非常重要的取材步驟，透過聯想的步驟取材的寫作素材的方法，它就是「曼陀羅思考法」，「曼陀羅」一詞源頭是來自於梵語 Mandala 音譯而成。「曼陀羅思考法」是藉由聯想的輻射式思考後快速得到寫作素材，並在時限內完成寫作工作。寫作時該如何避免文章內容乏善可陳呢？如果寫作時可以從多層次面向聯想，將可解決此一問題，「曼陀羅思考法」就是很好的破解密技。

＊「曼陀羅思考法」思考法進行步驟一：
　　尋找材料時先進行四面八方擴散聯想，把所有和主題相關的素材填入外圈的空格裡。

一、主題寫中間：在九宮格裡的正中間方格內寫下主題。
二、聯想放外圈：針對主題所激發的構想，填入周圍八個方格內。
三、一體兩用：輻射式思考一網打盡，逐步思考釐清順序。

四面八方擴散聯想

例如：淡水一遊

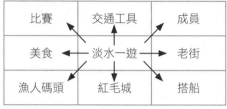

比賽	交通工具	成員
美食	淡水一遊	老街
漁人碼頭	紅毛城	搭船

寫作材料的篩選，要注意四點：

一、選擇自己最清楚的材料，讓自己寫作時能得
心應手，情感真摯。

二、與自己的閱讀經驗結合，達到「感於哀樂，
緣事而發」的精神，達到創作的目的。

三、深化主題的同時，請注意社會的普遍性，內
容應引人共鳴。

四、選擇善於摹寫的素材優先。

*「曼陀羅思考法」思考法進行步驟二：

取材結束後，開始建立結構與布局。建立結
構時可善用「逐步思考式」作為布局方法，使內
容聚焦與扣題，也可使用這個方法擬寫大綱，達
到文情並茂的目標。

逐步思考式

例如：淡水一遊

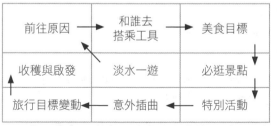

前往原因 →	和誰去搭乘工具 →	美食目標
收穫與啟發	淡水一遊	必逛景點
旅行目標變動 ←	意外插曲 ←	特別活動

在曼陀羅思考步驟結束後，你就可以開始寫
作囉！架構完成後的你，是否覺得寫作文更得心
應手了呢？

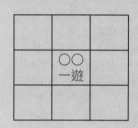

曼陀羅思考法練習

以「○○一遊」為題
（自行填入○○），
練習曼陀羅思考法
吧！

	○○一遊	

下筆容易多了！
馬上來寫寫看！

失之感

新北市金陵女中 國九 陳品瑄

8th 聯合盃 作文大賽
優等說服
2014 決賽

某樣東西從我的手中滑落。

輕柔的，滑順的，如輕落在手上的一個吻，然後從掌間消失。過程裡沒有刀割般的劇痛，沒有烈火般的燒灼，像是夏日裡暖暖的一陣薰風，拂袖而去。人生許多大小事就如那剎那般。雙足出於意識的，一輩子都得向前行，作為代價，那些只能佇足靜望的風花雪月就得被一個步伐拋於腦後。

過往閱讀，望見陶淵明瀟灑地說道「曾不吝情去留」，我便會下意識地咂嘴——那絕對是假的。風華絕代的詩人欲一展壯志，不料人生卻坎坷難行，跌撞的人生甚至得為了五斗米棄官隱居，在乏人問津的深山裡假裝清閒快活。他的內心鐵定是淌了一池的血淚，而外表能忍則忍，費盡一切心思勾起自己的嘴角，豁達的吟唱「採菊東籬下，悠然見南山」！

化為烏有了，全成泡影了。失去所有的當下，恨不得此刻雙腳長在頭頂，來回把自己踐踏一回，踹踬得自己失去記憶，忘卻悲痛了，再跌跌撞撞的摔進一無所有的坑洞裡。某樣東西逝去，都要回頭痛哭流涕地替它哀悼一世。為此我終究不明白，除非挖心掏肺地抽走自己的愛與靈魂，否則哪能如此平順的看待得失？

直到那個月冷風清，終於積夠經驗的夜晚，我才終於恍然大悟，人生就是如此。

手裡的銅板，若是花去購物就無法儲蓄；星期一的清晨，若是選擇上學就無法與睡眠相擁共枕；寒冷的冬日，若是穿上粉紅的羽絨大衣，就無法套上水藍

由失去的感覺起筆，呼應題目，並細緻描寫「失之感」的輕柔與迅速。在本段結束前暗暗點出「人生不斷前行」的事實，為後文忘懷得失的體悟鋪路。

探討陶淵明「不吝情去留」未必可信——陶淵明失意於政治舞台，是否真能瀟灑告別？作者認為陶淵明乃故作鎮定。下一段帶出自己的人生體悟，有些失去刻骨銘心，所以作者認為平靜看待得失並不可信。這是作者對「失去」的第一層體會。

作者筆鋒一轉，寫出心境轉折。人生必須不斷選擇，魚與熊掌無法兼得。失去是生活中必然的經驗，不必為失去動輒眷戀流淚，是作者的第二層體悟。文末以徐志摩的話印證陶淵明「不吝情去留」其實是從生命淬鍊出的智慧。

的毛料外套。我們選擇了一樣東西，便意味著捨棄其他東西，難道得為所有失去之物流下悲情的熱淚？有得必有失，失去也就如一縷輕煙，只需以淡淡的留戀吻過，便可放手，徜徉而去。

是啊，曾不吝情去留，忘懷得失。漫天飄舞的雲霧裡，也只是因緣際遇。就如徐志摩所云：「我是天空裡的一片浮雲。」見著了，嘴角上揚一抹憐愛的微笑；丟失了，也不必傷感落淚。

某樣東西從我的手中滑落。平靜的，輕悄的，未在我心頭蕩起憂傷的漣漪。

總評

作者用字優美流暢，並能寫出心境轉折，此為長處。遇到「失之感」這類抽象的題目，可嘗試運用曼羅陀思考法，將所思所想列出：

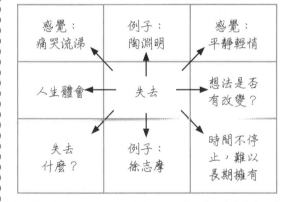

感覺： 痛哭流涕	例子： 陶淵明	感覺： 平靜輕悄
人生體會	失去	想法是否 有改變？
失去 什麼？	例子： 徐志摩	時間不停 止，難以 長期擁有

立刻到 42 頁挑戰寫作任務 4 吧！

人生滋味　人際相會　社會透鏡　時空感知

寫作 GPS
5

這招讓你的開頭震懾全場！

排比開頭法

明朝詩人謝榛曾說：「起句當如爆竹，驟響易徹。」這句話的意思是指文章開篇要以爆竹驟響之勢，震徹全文。在眾多的文章開頭法中，「排比開頭法」是最能夠達到如爆竹般先聲奪人，引起閱卷評審共鳴效果的方法。在寫作文章時，修辭技巧若運用巧妙得宜，往往能收妝點文章、畫龍點睛之效。運用排比修辭，有一種能製造「氣勢磅礡」之勢的魔力，在應試時，使用排比句寫論說文，能使「敘述條理分明、說理蕩氣迴腸」；使用排比句寫抒情文，則能「情感奔放洋溢、寫情細膩生動」，因此，我們怎能不好好練習這個好用的技巧呢？

要如何運用「排比句」來設計文章的首段呢？我們可以運用「是什麼」、「為什麼」和「怎麼做」的三種思考方法，用三個步驟來設計：

步驟一	看到題目，先思考這個題目是什麼？為什麼？怎麼做？
步驟二	從中選擇一個有感覺的想法，造一個完整的句子。
步驟三	再以這個句子為中心思想，鋪寫成排比句。

以歷屆考題〈我曾那樣追尋〉為例，抓住題眼「追尋」二字，接著運用「是什麼」、「為什麼」和「怎麼做」三種方法，便可以設計出三種不同的排比句。

方法一：「是什麼」	
步驟一	思考「追尋」是什麼。
步驟二	造一個完整的句子：追尋是一個追逐夢想的歷程。

步驟三	根據「追尋是一個追逐夢想的歷程」的中心思想，寫出三句排比句： 老鷹振翅高飛，追尋在藍天中翱翔；鮭魚逆流而上，追尋返鄉誕下魚卵；而我義無反顧，向目標啟航，追尋玩樂團的夢想。

方法二：「為什麼」	
步驟一	思考為什麼要「追尋」。
步驟二	造一個完整的句子：追尋夢想，是為了成就自我。
步驟三	根據「追尋夢想，是為了成就自我」的中心思想，寫出三句排比句： 林覺民有與妻訣別的勇氣，是為了助天下人愛其所愛；史懷哲有扶弱濟貧的溫暖，是為了救人於飢餓病苦之中；而我有披荊斬棘、堅定向前的決心，是為了追尋玩樂團的夢想。

方法三：「怎麼做」	
步驟一	思考要「追尋」，應該怎麼做？
步驟二	造一個完整的句子：追尋夢想要不畏艱難。
步驟三	根據「追尋夢想要不畏艱難」的中心思想，寫出三句排比句： 有夢最美，築夢踏實。在追尋夢想的路途上，我會踩著堅定的步伐，一步一腳印地踏實前行；我會淬鍊堅強的心志，永不放棄地迎向挑戰；我會培養無比的勇氣，無所畏懼地航向夢想。

看完以上的範例，你是不是已經掌握到如何設計排比句的訣竅了呢？下次寫作文的時候，可以試著練習寫下排比的句子放在首段，讓評審老師驚豔一下吧！

排比句練習

以「成長」這個主題做練習，從「是什麼」、「為什麼」和「怎麼做」三種思考方法，擇一寫出排比句吧！

- 成長是什麼：
- 為什麼要成長：
- 要成長，應該怎麼做：

很適合用在要說服人、感動人的時候耶！

彎腰是最好的姿勢

台南市民德國中 國八 葉田甜

8th 聯合盃 作文大賽
首獎
2014 決賽

瀑布從崖邊如千軍萬馬般狂奔而下，它讓自己彎腰，在千谿萬壑的環繞中激起了耀目的水光；彩虹不傲於自己美麗的披肩，它讓自己彎腰，在碧穹中以一抹微笑創造風景；高山頂的草根不因矮小而自卑，它讓自己彎腰，在狂洌勁風中順應環境，繼續蒼翠山頭。「彎腰」能使人真正的謙遜、領悟低姿態可以創造高峰的真諦，故低頭播種、彎腰勤耕才能帶給生命樸質的美麗與喜悅。所以，彎下腰吧！讓我們一同以態度創造高度。

彎腰能使人有不同的視野。雖說廣袤晴空中的豔陽看似真正志向的所在，但你腳邊那細微的動靜，可否曾深刻的低頭去看？大人常說孩子們的想像力豐富，那其實是因孩子願意彎下腰來，擁抱看似不起眼的一切。德國的「種樹男孩」芬克拜納便是因彎腰看見地上的小樹芽因被踐踏而無法生存，於是他發起了「種樹活動」，以年少的的力量改變「全球暖化」的事實。更如明地理學家徐霞客「北歷三秦、南極五嶺、西出石門金沙」的彎腰探索地貌、感受土地的脈動並完成了《徐霞客遊記》，這本地理大全也成為了重要的史書資料。彎腰不僅能使自己開拓原本只處高處的視野，甚致改變世界、完成夢想。所以，我們要學習彎腰、使自己宏觀。

彎腰能使人拾得逆境中的一縷希望。人在人生路上不停的向前邁進，不知不覺在旅途中遺忘了什麼自己也不曉得。其實彎腰不只是謙遜，有時更能抓住求生的機會。在米勒的〈拾穗〉一畫中，三位婦人低彎著腰撿拾富人家剩餘的麥穗，她們為了家庭、為了生

本篇為論說文，題目就是文章的主旨。作者分別以瀑布、彩虹、小草為例，說明「彎腰」是創造生命高度的姿勢。一連串排比句型鋪陳而下，氣勢磅礴，先聲奪人，開篇令讀者精神一振。這是善用排比句型開頭的佳作。

本段主要論點在首句。作者以孩童、種樹男孩芬克拜納與徐霞客為例，說明彎腰造就不同人生視野。

第三、四段的寫作手法與前段相同，主要論點居首，有提綱挈領之效，後文援引例證說明論點，增強說服力。

命而彎下腰，不放棄求生的希望、也不感自卑，因而她們得了糧食、求得了延續生命的火種。更如登山客若在山中迷途、糧食用盡的情況下，只要低頭看，清泉與野莓不正在腳下嗎？適時的彎腰並非低人一等，而是懂得順應、清楚自己的所求。所以，彎腰讓人求得生存的希望。

彎腰能使人收穫更多。人因彎腰而見大地，雖然腰會酸痛，但所獲一定值得。雲門舞集創辦人林懷民先生沒有藝術家的孤傲姿態，願低下頭在稻浪中聆聽，因而舞出了「稻禾」。在收割之後，延火燒田，春耕時再犁翻焦土，繼引水灌溉。稻田之水映著天邊的雲捲雲舒，它四季如此，人生亦是。另外如前南非總統曼德拉不以身為黑人而自卑，他彎下腰傾聽南非貧民之聲，上傳政府、遇劫遭囚而不悔，也走出了南非的「自由之路」。彎腰可見站立時不見之處，收穫更多、精采人生。

彎腰是最好的姿勢，因為它能使人宏觀、讓人求得逆光飛翔的希望，並收穫更多，但彎腰不可為虛偽作假，只為引人注目；彎腰不可是為求名逐利，只求財而忘了內心的真諦；彎腰不應是為了結黨營派、攀附權貴。彎腰應是出自真心誠意、始於內心深處。

瀑布的水珠在岩壁上彈跳躍起後又下墜，它因為豔陽折射更顯嫵媚；彩虹的尾巴纏繞著蒼蔥綠林，它因彎腰的弧度更顯美麗脫俗；小草在山頂搖擺著，它因懂得順應得以成長茁壯，以草的細根將自己深植山頂。我會學習瀑布、彩虹、小草的彎腰，讓自己成為一個懂得彎腰、願意彎腰、敢於彎腰的熱血青年！

本段為前面論點稍作總結，並提出彎腰需發自內心，真心誠意。

末段回扣第一段的寫作手法，運用排比句型重寫瀑布、彩虹與小草，並說出對自己的期許。這篇作品主題明確、結構嚴謹、論點清晰，兼之文字優美流暢，寫作能力極佳。作者除了運用排比句型達到氣勢恢弘的效果，全文還列舉大量例證支持論點，有旁徵博引的特色。可知廣泛閱讀，增加內涵，下筆自然能左右逢源。

立刻到 42 頁挑戰寫作任務 5 吧！

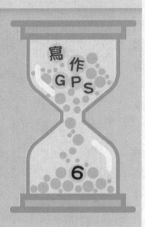

人生滋味　人際相會　社會透鏡　時空感知

用串珠技法寫作文

　　用過鬆緊繩與各式珠子串手鍊嗎？只要備妥繩線及各種材質、顏色、大小的珠子，運用你的創意與巧思、搭配得宜，就能創造出與眾不同、具個人品味美感、綻放光采的獨特飾品。

　　事實上，寫作如同串珠。串珠中，最重要的關鍵乃是手中那條繩線，而寫作時，這條繩線就是作者的思想意念，也是文章主旨。這條線是貫穿全文、使文章清晰的關鍵，所有的珠子，也就是不同的寫作素材、各種人事景物都必須緊扣這條線。很多學生寫作時，一看到題目就立刻擇取與主題相關的各式素材加以發揮，旁徵博引，但卻寫得離主題越來越遠，甚至有不知所云之感，這可犯了大忌。在下筆前，注意得先生出一條主線，想清楚主題主旨為何，緊握這條線，並要求自己每顆珠子都在線上，各種素材必須繞著主題打轉，文章才不會雜亂無章，讀來一氣呵成、條理分明。

　　舉琦君〈一對金手鐲〉這篇散文為例（出自《桂花雨》），文章中的主線與素材如下所列：

串珠繩線 （文章主線）	琦君與阿月之間的真摯情誼 （文章從頭至尾緊扣此主軸）
珠子 （作者所選素材）	1、與阿月強褓無知時的初遇。 2、七歲時的第一次重逢相認，逐步凸顯兩人相異之處。 3、十八歲與阿月重逢，但琦君是學生，阿月是人母，兩人距離更加疏遠。 4、戰亂分離，作者變賣金手鐲，也與阿月失去聯繫。

想要有清晰的文章主旨，注意看這啦！

文章主線乃是作者與乳娘的女兒阿月之間的親情、友情。琦君以思念舊物起筆：「我心中一直有一對手鐲，是軟軟的赤金色，一隻套在我自己手腕上，另一隻套在一位異姓姊姊卻親如同胞的手腕上。」並由此帶出她與阿月強褓無知時的初遇、七歲時的第一次重逢相認、十八歲與阿月相聚相別的情形以及戰亂分離至今的四段往事，這些往事都是琦君所選的珠子，也是她真實的生命經驗。不過不管如何寫，從相遇重逢寫到琦君與阿月生命際遇日益懸殊、難以扭轉；寫到戰亂遷徙中，她把金手鐲變賣，人物皆渺茫的事實，她依然沒有放開這條主線，也就是她烙印心中、決定永遠珍惜保有的姊妹之情。因此文章雖逐步突顯兩人差異，道出兩人分離際遇，仍有「菜油燈燈盞裡兩根燈草心，緊緊靠在一起，一同吸著油，燃出一朵燈花，無論多麼微小，也是一朵完整的燈花。我覺得和阿月正是那朵燈花，持久地散發著溫和的光和熱。」這樣真摯動人的語言。琦君所選的每個珠子，讀來溫馨、惆悵、感傷而又堅定，看似不相干，實則環環相扣，共穿在一條主線之上，在文章中熠熠生輝。

有沒有發現，掌握串珠術，你也可以寫出井然有序，脈絡分明的作品？下筆前想清主線為何，巧妙構思安排，美文成篇並非難事！

琦君的寫作力

琦君善於收集素材和靈感，在閱讀時、人行道上、公車、辦公室，甚至邊聽收音機邊洗蔬果，就用溼溼的手記在本子裡。琦君也很會串接零碎的「時間」，例如等車、坐車時就寫成初稿，正式定稿才在書桌上工作。能夠以明確的文章主線串接零碎的素材，不僅是琦君的寫作功力，也是一股貫串於各種環境和時間的，無比堅毅的生命力。

那我可要想想我的文章主線是什麼呢！

跋山涉水

嘉義市民生國中 國八　江宛樺

7th 聯合盃 作文大賽
優等創意
2013 決賽

作者以有畫面的方式起筆：陽光、森林、藍天、河流，與一位跋山涉水的勇者。藉由在山林間汗流浹背的人物身影，扣題「跋山涉水」。

　　汗流浹背，沁入骨中，面紅如絢爛的陽光，卻更加耀眼。四周的森林各樣的樹種簇擁著，藍天接到遠方的天際，如一幅畫卷不斷延伸，小河涓涓流經，平靜中帶著幾度波濤洶湧，「答！」滴下用力擺動的四肢，那不是甘霖是汗水！長途的風塵僕僕，傷體力、費精力，更耗人的意志力，但，那何等耀人及令人歌頌的桃源，就在前方！行百里半九十，如何叫人卻步？

　　「答！」喚醒了為目標努力的汗水……。

　　「答！」提起了為休憩放棄的悲歌……。

本段場景切換，轉到深夜趕數學練習本的辛苦與考試失敗。作者從跋山涉水過度到數學考試，讀者可以理解第一段描寫的跋山涉水，其實也可指涉考試過程的艱辛。

　　書寫快速的筆跡在考卷上如黑色彩蝶不停飛舞，筆桿搖動劇烈，卻霎時間停了調，驚恐的神情就擺在考卷面前，「我不會寫！」數學是一切的罩門，正因此，才跋山涉水，經歷痛苦與絆腳石想邁向巔峰，就快到了，不遠了，在練習本上的試題彷彿軍隊之浩大，行進至最後那頁了！一瞥，已是夜闌人靜，自詡是條件優渥的老鷹，鳥瞰在練習本完成的算式。「那後面，就別算了吧！」臉上滿足天真的笑容，竟使勝利笙歌成了大敗哀歌，那沒見過的題型在我面前嘲笑著，那臨門一腳，啊，我不禁怨恨起自己的自大與莫須有的自信，白費了！七十三的爛成績使我跌進黑暗的峽谷和無窮的歧路，淚似珍珠自眼眸釋放，無情的閒話和自我的摒棄打壓內心。人的一生何嘗非如此？受挫再失敗，不捨晝夜的重複，刺骨的黑夜籠罩。不過，遠方的彼處，出現亮點。

　　「答！」點燃了勇氣之火的朋友。

「答！」塗抹出努力之光的師長。

　　早就說過「一日之所需，百工斯為備」！沉思錄的奧里略更提出了許多合作概念，那隻溫暖的雙手，擺在肩上，暖流剎那融解冰冷的心，那張朋友的衛生紙，遞向眼前，擦乾了悔恨和孤獨。「加油！」此話像天使一樣，如暮鼓晨鐘叫我努力向前，是的！一次的石頭絆倒我，我仍可以持續爬向山巔，望向無際、多彩的雲霞！拍開沙土，我向更崎嶇凹凸的道路前進，下過暴雨，也見過彩虹；享過孤獨，也有過支持。眼前的黑暗愈加明亮，狹隘的道路愈加寬廣。啊！我到了頂峰！師長的微笑，同學的讚美，那數學九十四分，我到了！抵達心目中的「桃花源」了！

　　「答！」拉回思想，目標正在不遠處等待著，成群的飛鳥向南方逝去，風颯颯的吹拂黏膩的臉頰，腳下踩著不堅固的石礫，好重啊！一切的跋山涉水何嘗不是為了向美好的終點看齊？握住自己與友人的手，不再退怯舉白旗，堅毅的神情象徵一切。最後一步，美妙景色又多了存在記憶花園，太累卻也太值得！人不該像「思想上的巨人，行動上的侏儒」一樣裹足不前，虎克先天殘缺，卻也奉獻不放棄，跋山涉水的完成了他的夢想，何況我們！踏上終點的雲端，須臾間，快樂紛至沓來，回憶淪肌浹髓；跋山涉水的歷程也永銘心版了！

　　「答！」這次是歡愉的凱歌。

在前一段時，作者考試以失敗收場。但本段重振信心，以奧里略合作為例，引出師長、同學的鼓勵，作者終於拿到高分。由低潮轉至高潮，在文章中製造劇情轉折。

總評：

本文詞語運用自如，優美流暢，且劇情由低谷拉至成功之巔，製造波瀾，都是難能可貴之處。作者不但描繪真實世界中跋山涉水的情境，也將跋山涉水提升至象徵層次——克服難關，何嘗不是一場跋山涉水之旅？

作者選擇以「數學考試」為事件主線，事前熬夜準備、輕敵導致失敗、師長的鼓勵、自己重新振作、成功的滋味、對克服難關的體悟，這些都是作者的手中的「珠」，藉由時間軸將之一一串起，呼應第一段跋山涉水主題。這就是作者高明的串珠哲學。

立刻到 43 頁挑戰寫作任務 6 吧！

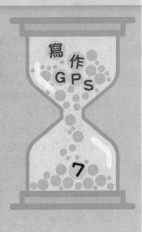

收集你的彩珠

收藏自己獨一無二的彩珠（寫作素材）很重要，但可別以為這些珠子非得是時事素材，或者名人典故事例，生活中的吉光片羽，諸如優雅地欣賞一幅畫、坐在藤椅上享用一杯茶、與家人共賞日出美景，這些俯拾即是的生活經歷，都可以成為你的彩珠。

生活點滴，如何變成寫作素材呢？首先，得先培養你的觀察力。細緻觀察人生百態、自然萬象、動物活動、客觀事理，諸如晨昏旦夕情景的轉變、一天中發生的事件，洞察幽微，小景小事小情也能變成極佳的寫作素材。我們可以談談幾種平凡卻能寫得獨特的生活素材：

一、景色

景色處處有，但若能掌握景色觀察的方法，例如由遠而近、由高而低、由大而小，層層遞進、轉移視角，便能讓觀察視野更豐富，開發更多的寫作素材。例如朱雯〈未圓湖〉如此寫道：「滿湖碧綠的水宛如一匹舒展的大錦緞，柔和的陽光照射在湖面，把湖水染得斑駁陸離，波光激灩，教人不覺想起仙女身上的衣裳。仔細瞧瞧，原來湖裡還有小魚呢，牠們三五成群，悠然戲水。」作者便掌握了空間次序寫景的層次，將小地方景色精彩呈現出來。另外，也可以調整觀察距離和角度，發現觀察物的不同姿態。例如，徐遲〈黃山記〉這樣寫老松樹：「從峰頂俯視，它們如苔癬，披覆住岩石；從山腰仰視，它們如天女，亭亭而玉立。」（出自《徐遲散文選集》）我們可以利用這樣觀察的方式，試著收集美景素材，甚至可由景入情，寫出美麗景色所引發的震撼與

不知道要寫什麼？快看過來！

感動，只要寫得細膩精彩，便很容易引發讀者共鳴。

二、生活瑣事

　　生活瑣事亦能賦予它獨特的價值，我們可善用視、聽、味、嗅、觸、心六覺，打開觀察雷達，將各種生活瑣事具體而清晰的呈現。例如，古蒙仁便善用視、味、心覺描寫吃冰：「看老闆從木箱中拿出一大塊晶亮的冰塊，軋入刨冰機中，然後飛快地搖轉起來時，那冰屑就像雪花一般，一片一片飛落盤中，俄頃堆積成一座小冰山。老闆再淋上糖水，光看這等光景，已讓人消去大半暑氣，等端在手中，一匙一匙挖入嘴裡，冰花瞬即溶化，溶入舌尖，那種沁涼暢快的感覺，足以將豔陽溶化掉。」（出自《吃冰的另一種滋味》）這樣的描繪方式，是否讓文字畫面感十足、具體而生動了呢？

三、情感

　　人皆有七情六慾，各式情感都是極佳的寫作素材。我們可以在文章中直接傾吐感情，更可以因事或借物、借景抒情，不但更含蓄委婉，感染力也更強。例如，鄭振鐸〈海燕〉：「這小燕子，便是我們故鄉的那一對，兩對麼？便是我們今春在故鄉所見的那一對，兩對麼？見了它們，遊子們能不引起了，至少是輕煙似的，一縷兩縷的鄉愁麼？」（出自《海燕》）作者便藉由海上的燕子，寄寓思鄉的情感。

　　可見，生活中的人事景物、情感經驗，都是金光閃閃的碎片，能夠提煉、保存，它就能成為你手上珍貴的彩珠。

註：朱雯〈未圓湖〉。檢索日期：2016 年 7 月 7 日。
網　　址：http://www.fed.cuhk.edu.hk/youngwriter/members/
database/db1gdessay/es351_008.htm

集珠練習

發揮覺察力，寫下這一週生活中的彩珠吧！

認真生活，會發現好多彩珠！

佇足

新竹市曙光女中 國九 蔡昀珊

7th 聯合盃 作文大賽
優等說服
2013 決賽

淺藍的天幕襯著幾朵零星的白雲在空中拉開了序曲，蓊鬱的樹木在黛青的河堤邊熱絡地交談著，彷彿不願給人一道遠眺風景的狹縫。遠方翠綠的山坡於樹梢悄悄現出了朦朧的影跡，岩下的溪流潺潺地消失在林蔭的轉彎處，似為旅人傳達渴望到達的希冀。先到的旅人拿出相機，「喀擦！」就是一張。

隨後趕來的旅伴氣喘吁吁地催促著：「快呀！遠方的山坡還沒有到達呢！」旅人笑著，卻靜默不語。旅伴的腳步聲急促地響起，但他依舊自在地舉起鏡頭──與其說那是在拍照，不如將這一切闡釋為先到的旅人正透過狹小的觀景窗，悉心地凝視這於行程表之外，無限寬闊的沿途風景。

是旅行，更像是人生路途上的一種態度。

在繁忙的生活中，很多時候，我們是那位急於奔波的旅伴，在僕僕的風塵中，錯過了枝葉的沙沙低語，錯過了迎風拂面的沁涼，也錯過了涓涓細流在石縫中的呢喃。我們抱怨著茂盛的樹叢擋住了原本欲求的美景，卻忽略了那也是自然的清新。

然而，曾經的我，也是如此。我曾是那位拿著登山杖、背著碩大後背包的旅伴，為自己訂好滿滿的一張時間表：十五分鐘吃晚餐、三十分鐘內寫好作業……，當我的日子被一個個我所築起的圈圈劃開，當我真正意識到自己永遠也跟不上我所安排的計劃去走，於是我拋開試圖為人生準備好的一切規劃：沒有背包了、沒有登山杖、沒有被自己壓得喘不過氣的時間表。秒針繼續滴答地走著，而我學會仔細諦聽它規律的節拍。我變成了先到的旅人，而我終於明白，

也許不急於到達目的地的走走停停，才是真正的人生——快意瀟灑的人生態度。

或許旅伴會問：沒有走到山坡上，怎麼知道從半山腰俯瞰的美景不會比眼前更醉人？是啊，可能會。但我們可以明天再走。休息也許不只是為了走更長遠的路，而是當我們願意停下腳步，用心聆賞、細看，交織的枝葉便不再是視線的屏障，潺潺流水也不再是阻礙行徑的隔閡。

人生路上，當我們悉心觀察生命，路途便會報以我們不曾注視過的微小細節。不必快，不必催促，佇足，就是到達每一個目的地前，最美好燦爛的風景。

立刻到 43 頁挑戰寫作任務 7 吧！

接著作者安排由具體到抽象層次，生活中各式情感都是極佳的寫作素材，作者在第五段「我變成了先到的旅人，而我終於明白，也許不急於到達目的地的走走停停，才是真正的人生——快意瀟灑的人生態度」運用抒發情感的方式為「佇足」安排另一顆彩珠！

生活中的點滴，只要能夠提煉、保存，只要寫得細膩精彩，定能引起讀者共鳴。如此，每一個生活片段都是我們手上珍貴的彩珠。

人生滋味

人際相會

社會透鏡

時空感知

寫作 GPS

8

串珠最後一步驟：
牢靠接合

　　緊握繩線、選擇適當珠子串接之後，最後一項任務即是收線打結。這最後一步驟也相當重要，因為若是忘記打結、繩線綁得不牢靠，珠子終將散落一地；而若草率打結、線頭露出，串珠任務也宣告失敗，所以這步驟亦不可打馬虎眼。

　　收線打結時，必須將首尾兩頭聚攏，這和寫作時，首尾兩段必須互相關照、相互呼應是同樣的道理。當然，最後一段的寫法並不是只能呼應首段，亦可以順應內容或事件的發展，寫出結局，或者總括整理全文。但最後一段呼應首段，除讓文章主旨更鮮明突出之外，也可以將讀者思緒拉回題意，不會有漫無目的之感。寫作時，我們常在最後一段呼應首段，再次點明主旨、強調主旨，那是因為要打上一個漂亮又牢靠的結。

　　舉吳淡如〈當自己的伯樂〉一文為例（出自《心靈點滴》），這篇文章主要分成四個部分：

　　一、點明主旨：「如果成功者是千里馬的話，那根要自己跑快一點的鞭子，百分之九十九是握在自己手中的，方向也是自己操縱的。」

　　二、舉例說明：以大陸羽球選手熊國寶的故事為例，說明沒有伯樂，一樣可以證明自己是千里馬。

　　三、翻案論證：重新審視韓愈〈馬說〉，認為伯樂對千里馬起絕對作用的說法並不恰當，因為沒有任何的成功者是個讓諸葛亮費盡心力來扶持的阿斗，成功的人其實都是自己的伯樂。

文章要怎麼結尾？
這一定要學！

四、呼應首段：再次強調主旨。

這篇文章乃是翻案文章，吳淡如一反「伯樂對千里馬起絕對作用」的論點，反向思考、另闢蹊徑，強調「如果成功者是千里馬的話，那根要自己跑快一點的鞭子，百分之九十九是握在自己手中的，方向也是自己操縱的」。這樣的破題方式，相當吸引讀者目光，而這段話，也是作者的主線、文章的主旨。

接著，她擇取素材，舉大陸羽球選手熊國寶的故事，他從綠葉角色一路到贏得世界冠軍、一戰成名，論證沒有伯樂，一樣可以證明自己是千里馬。再來，她根據古人說法翻案，強調以千里馬與伯樂暗喻君主與臣子之間的關係並不適當，因為馬無法自己找主人，「而多數的成功者，卻都能以一種天生的嗅覺，好像螞蟻聞到甜食的味道一樣，自己走出一條無形的路來」。

終於，到了文末，她除再次呼應首段外，更加闡明原因、分辨明晰想傳達的概念，如此寫道：「成功的人其實都是自己的伯樂，只是不敢完全歸功於自己。千里馬一樣要練跑，才能日行千里。如果成功者是千里馬的話，那根要自己跑快一點的鞭子，百分之九十九是握在自己手中的，方向也是自己操縱的。奔馳的能量，則來自於心中源源不絕的熱愛。」這最後一段，更加凸顯主旨，作者的確打了個牢靠又漂亮的結。

費盡心思、努力串珠到最後，可千萬別心急，打上一個牢靠而穩固的結，你的串珠才算是正式完成！

此馬非彼馬

你可能聽過伯樂，但你聽過他兒子的故事嗎？伯樂把鑑別馬匹的訣竅寫成了《相馬經》，他兒子據此求馬，看見一隻大蟾蜍，便高興地跟父親說：「我找到一匹良馬了！牠的額頭隆起，雙眼突出，都跟您說的相仿，就是蹄子不大一樣。」伯樂轉怒為笑說：「這馬喜歡跳，無法駕馭啊！」你知道這則故事，是哪個成語的典故嗎？

> 首尾呼應，好用又好學！

探尋生命之源

新竹市培英國中 國八 胡皓羽

7th 聯合盃 作文大賽
優等創意
2013 決賽

生命的長江，從亙古的鴻蒙太空，流向未知的將來，歷久彌新。一直以來，它總以不盡的泉源，滋潤著天地萬物。是怎麼樣的能量，使這一口神祕的水，能為眾生注入生機？這一直是人們所追尋的。

曾有好幾個隊伍，他們不畏艱辛，受盡風霜雨雪的折磨，溯源長江。他們爬上人跡未至的高原，走過幾千里的凍土，看著長江的流水由壯麗變得細小，由混濁變得清澈。最後，變成一股好似擁有無限生命力的泉水，從石縫裡湧出。

這填飽眾生生理、心靈飢渴的生命之水，是如何從一條涓涓細流匯流成大江，逐步航向未來，為更多生靈的靈魂激起一朵朵漣漪？就好似人們對自己存在的困惑：我是誰？我為什麼活在這世界上？我是怎麼來的？而溯本尋根，了解自己的祖先是何方神聖之後，我們又得到了什麼？

追本溯源，只不過是滿足自己對未知的渴望。而生命之水得以長久流下去，也必然有它不變的真理。一口再怎麼甘美潔淨的泉水，若不流出，那也只不過是一灘死水罷了。而這讓它流出去的動力，在眾裡尋他千百度之後，你將發現，那無疑是愛！唯有愛的真諦，能讓片時的存在拓展成永恆；也唯有愛，能使生命之泉源源不絕，迎向無垠的將來……。

從前，涓涓的生命細流湧出；現在，細細的生命小河茁壯；未來，生命的長江將永久傳承。是愛，讓它湧出；是愛，讓它茁壯；是愛，讓它永久傳承。探尋生命之源後，驀然回首，從亙古的鴻蒙太空到未知的將來，不變的，是愛。而眾生在接受生命之泉，潤

作者一起筆就說長江是「生命的長江」。長江的起源在哪裡？生命的源頭又在何處？探險隊追尋的是現實的長江，也是追尋生命的源頭。探尋長江的旅程，也是探尋人生的旅程。作者一起筆就有長江大河的深度與氣魄。

作者藉由一連串的問題，引領讀者一步步追問生命的神祕：我是誰？活著的意義是什麼？這些問題已經從人世現實的探索轉入哲學層次。

經過層層探討，作者認為生命的動力是愛。唯有愛，生命才會流動與延續。

澤的同時，也該付出愛，使生命的長江繼續流下去，灌溉每一畦匱乏的心田。

立刻到 43 頁挑戰寫作任務 8 吧！

總評：

作者緊扣題目，隨著段落延續，逐漸為讀者展開探索旅程，層層深入，最終揭示「愛」是生命之源重要的主題。讀者讀完本篇，也彷彿經歷一場探索之旅，由涓涓細流起始，最終匯為長江大河。

本文結尾緊扣題目，呼應第一段「生命的長江」，但已帶入新的觀點與體悟，收束大器圓滿。寫作如串珠，串珠最後該如何收尾才會牢靠接合？本篇作者不但首尾相應，還開展新的層次，是良好示範。

人生滋味

人際相會

社會透鏡

時空感知

善用「對話」，能讓你的作文有臨場感！

論「對話」

散文的創作與書寫，若無特別經驗與感悟啟發，對生活周遭也不擅長觀察，便容易流為個人生活的瑣碎記事與流水帳，遑論講出道理、啟發與意義。這時候，作品中的文句常常只是在敘述「我」今天發生了什麼事情、做了什麼活動、最後心情如何等。閱畢文章後，全篇竟只有「我」的出現而沒有加上與其他人的互動與交流，讀起來不免無味無感，枯燥無趣。這時候，如果可以借用小說創作上的「對話技巧」不但能使故事情節較為縝密，也能凸顯人物的內在性格，更重要的是可以讓文句變得更加生動活潑且營造逼真的臨場感，必定能幫助文章更上一層樓。

舉例言之，〈○○的獨白〉、〈○○和○○的關係〉，這類型的題目都是可以使用「對話」來行文的範例。前者是「與自己對話」，後者是「與他人對話」。以前者來說，強調「獨」，也就是自己一個人，這時候可以與自己對話，講出自己的身世、記憶、際遇、流離、救贖、甚至是給讀者的啟發與道理；以後者來說，明顯的是與他人對話，著重在二者的關係，可以設定兩方立場，先讓彼此對話、交流、討論、溝通，最後總結道理。凡此，都是透過「對話」來呈現主題思想。

我們可舉〈犯錯〉這個題目來做「對話」的示範，學生曾寫下這樣的句子：

某天，我因為與父親吵架，便離家出走，獨自在公園睡了一整晚。

這是直述句，並無明顯的錯誤，但讀起來毫

無生機。前面已先討論過，寫作不要只有「我」的重複出現，要廣納生活中的人、事、物一起「對話」，才會眾聲喧譁，繽紛多姿。按理說，與家人衝突是個關鍵，更是文章的樞紐與轉折，若要渲染這個事件的重要衝擊，就必須出現「父親」這個角色及其言語，我們可以加上父親的「對話」，讓主角與父親能在稿紙上進行一場對話與交流，文章才會有臨場感。就此，可以調整成「學生」與「父親」的對話：

　　記得那天，我不顧家人反對離家出走，來到公園夜宿一晚，卻有夜遊的流氓向我勒索與威脅，後來雖然相安無事，但心情彷彿墜入深淵，追悔莫及。（學生立場）

　　平安回到家後，父親對我說：

　　人均有歧念誤失，但知錯能改，善莫大焉。我會永遠接納與關懷你。（父親立場）

　　從兩者的對話來看，學生反映出了年少輕狂，鑄下難以抹滅的慘痛印記，後來徹底反省的心路歷程；家長則是有智慧的長者，擔任指引教導的角色。相較前面第一句直述句，後面的對話段落，直接讓學生與父親在稿紙上進行「對話」，我們幾乎能感受到兩人當時的心境與感受，映照出主角各自的性格，更營造出栩栩如生的情境氛圍，單調乏味的枯燥文句也因此變得生機盎然，意趣旨遠。

　　請準備好紙筆，在你的稿紙上開展生動的「對話」吧！

聆聽

海明威認為，要寫好對話，先要練習「聆聽」！專心聽聽別人在說什麼？說話的用詞、語氣怎麼樣？金聖嘆曾說：「水滸所敘，敘一百人，人有其性情，人有其氣質，人有其形狀，人有其聲口。」水滸傳一百零八位英雄，說話的口氣個個不同，恐怕就是寫對話的最高境界了吧。檢查你寫的對話，是否不用多餘的解釋就能直接傳達人物情緒。

同一句話，不同的人說出來，聽起來就不一樣呢！

生命的轉角

台北市弘道國中 國七 陳美晴

他們說，我是沒有媽媽的孩子。我被無數冷漠嘲諷的笑容刺穿著，整整十三年，我不知道我是誰，我不知道我是不是為他們而活？還是為了讓父親哀怨而生。

半睜著吃力的眼皮，濃愁惡臭的藥水徘徊在我身邊轉啊轉，好像也在嘲笑我的無能懦弱。「這是哪門子的惡夢……。」聽他們說，我一覺不醒，而父親的心也彷彿懸吊山崖五天五夜。我不知道我怎麼了，好像跑出這世界似的被冷凍在外，有時候靈在跟魂對話，搞得我模糊不清，有時候我隱隱約約看到母親的背影，「那是什麼呢？」可悲的時候，我立刻知道這女人是誰了，她肯定是來救我的，但我究竟發生了什麼事？好痛。

女人每天都來回憶找我，她從不多言，只用慈祥的笑讓我心裡一陣暖的。第四天（他們說我在第四天抖了一下），女人播了一部影片：一個嬰兒呱呱墜地，明明該歡喜的，周遭卻充滿哀傷憂愁。「噢，這孩子真可憐，一出生就不被祝福。」她笑了笑。接下來的畫面都是一個男人陪著長大的孩子玩，陪他洗澡、吃飯、玩積木，奇怪的是，只有男人。「他媽媽呢？該不會跟我一樣被拋棄了吧！呵呵。」女人這時竟看著我，用失望悲憤的眼神瞪了方久，然後開始啜泣，好似我做了什麼令人難過的事，她是在責備我呢。她消失了，從來沒有再來過，最後一個眼神還是哀怨悲慟。

「不過那男人還真愛小孩呢。」看完影片的隔天，他們說，我奇蹟般的復活了。父親拿著一張泛黃

破裂的照片在我床邊，用感恩紅著眼眶的心抱住我，久久不語，我感到兩頰泛起紅暈，我第一次突然覺得好愛父親，眼淚簌簌的流下了，父親沒日沒夜的照顧，桌上還擺著五大碗冷掉的雞湯，他催我趕緊喝了喝。拿起那張照片，是一位長相清秀的女人，挺著快臨盆的大圓肚，露出幸福喜樂的笑容，在她旁邊站著一個帥氣俊俏的男人，看起來也為新生的到來感到無比開心。他們是誰？後來是不是過著童話般幸福美滿的生活呢？「那是你媽，很美吧。」「啊？媽媽？」「那天你要出生了，大家都雀躍的送了好多玩具。」「然後呢？」「生產過程中，醫生卻說媽媽出了意外，母親和胎兒只能有一個活下來。你母親毫不猶豫的選擇了孩子。而她帶著滿足安詳的面容離開了我們。」

我嚎啕大哭，別人家還以為我喪母了，但我是為父親的愛與往生母親的堅忍而哭泣。「那個影片，那個女人！」後悔的我還以為是媽媽要丟下我，所以她才要哭泣！他們說，五天前我發生車禍，離奇的車禍，生命垂危的我卻堅強奇蹟似的復活，大家都說那是一場很嚴重的意外，還有目擊者說有名女子經過，是她保護著我，可是後來卻找都找不到。

父親一直問我是不是夢到了什麼，我總是感恩的抱著他說：「是媽媽在天上保佑著。」我領悟到，我比一般人擁有的更多，是愛。定神細視，父親的臉因這幾天的操勞蒼老許多，多了幾分滄桑，可臉上笑容的愛卻一點不少，溫暖而慈祥，我的淚又簌簌的流下。

末三段藉由作者與父親的對話來解答第一段所埋下的誤會，並交代作者終於明白自己並非遭拋棄。

總評：

寫作若只有「我」的重複出現，讀起來不免無味無感，枯燥無趣，若能廣納生活中的人、事、物一起「對話」，才會眾聲喧譁，繽紛多姿。因此，你發現了嗎？作者巧妙地在每一段都安排「他們說」來為讀者說明事件發展。

有別於一般人在敘事時平鋪直述的方式，作者藉由簡單的「對話」清楚交代事件經過，帶領讀者感受從疑惑到感恩的情緒轉變，為讀者呈現一個更能引起共鳴的生命故事。

立刻到 43 頁挑戰寫作任務 9 吧！

寫作
GPS

10

當個科學家，
從物理到悟理的托物言志

藉著描述具體的事物來抒情，不需要花巧的文字和淵博的學識，是最容易入手，也最容易打動人的記敘兼抒情的做法。而同樣的道理也可運用到議論文上，藉由描寫具體的物體，來抒發自己的思想，就是這篇文章要談的「托物言志」寫作技巧。

但在下筆之前，要注意和「借物抒情」之間的區別。在借物抒情的文章，描寫物體是為了訴說物體背後的故事，最後傳達情感，而托物言志不一定有這麼具體的故事和人物可以書寫，因此要採取稍微不同的著手方式。描寫一個物體的目的是為了描繪物體背後的原理，再用這個原理延伸到自己想闡述的道理。因此這個物體不一定需要和作者有直接關連，可以運用聯想或比喻來連結物體與思想。

有時迂迴間接，比直白更有力量。

中國古代文人崇尚「詩言志」與「賦比興」，因此多用物體的物性來闡發自己對人生、世界的觀察。翻閱古詩詞，多可看到托物言志的名篇。

例如明代以氣節著稱的于謙所寫的這首〈詠石灰〉：「千錘萬鑿出深山，烈火焚身若等閒，粉身碎骨渾不怕，要留清白在人間。」就以石灰從開採、鍛造到成品的特性，來傳達自己對於「清白」的渴望。

而中國文人熱愛歌詠時光，季節變換，花木更迭，透過這些物體的流轉，寄託了對人世變遷的情感，例如蘇軾的〈贈劉景文〉：「荷盡已無

擎雨蓋，菊殘猶有傲霜枝。一年好景君須記，最是橙黃橘綠時。」

面臨人世間的種種無奈、種種挫敗，年華已逝，青春難再。秋，自古以來就是悲傷的季節，宋玉的「悲哉秋之為氣也，蕭瑟兮草木搖落而變衰」，影響了千年以降的無數易感文人。但蘇軾一掃暮氣，歌詠在零落的季節挺立的殘菊衰柳，更告訴在風雨中的好友：「現在正是最美好的季節」。無一字談人生際遇，卻每個字都在談人生際遇，最後更強而有力地抒發自己的志氣。

從路邊突破柏油的小草，你是否想到柔弱生命的堅韌？從浪濤翻湧的大海，你是否聯想到世間的波濤？從無限好的夕陽，是否會發出只是近黃昏的哀思？

從古至今的文人，多以天地事物的道理為師，他們既是別出心裁的寫作者，也是格物致知的科學家。莊子看著蝴蝶飛舞能夠領悟物化的哲理，臨河可和惠施爭辯魚之樂，這類題材生活中俯首即是，源源不絕。

只是，要寫好這類文章，就要像個科學家一樣能夠正確、精準地掌握好物體的特性，才能夠寫出別出心裁的文章。若是在文章中引用錯誤的道理，像是謠傳魚的記憶只有七秒，但其實大謬不然，反而畫虎不成反類犬，還不如樸實直接的口語白描。

托物言志

「小草」、「大海」、「夕陽」還有哪些特性？讓你想到什麼呢？發揮你的聯想力，試著寫在下面。

原來是要找到「物」與「志」之間的連接啊！

佳作觀摩

和流水一同歌唱

雲林縣建國國中 國九 蘇映甄

7th 聯合盃 作文大賽
首獎
2013 決賽

托物言志就是通過對物品的描寫和敘述，表現自己的志向和意願。採用托物言志法寫的文章，特點是用某一物品來比擬或象徵某種精神、品格、思想、感情。要寫好這樣的文章，首先要注意物品的主要特點要與自己的志向和意願有某種相同點和相似點。其次，描述時，自己的志向要以物品的特點為核心。本文以漸進的方式呈現「托物言志」的表現重點。首先在首段透過對流水的具體描述，點出核心主題，隨後舉出典故與自我感受並陳、比對。

「那一彎流水，如同人生。」運用簡潔有力的兩句話帶出托物言志的內容；作者期望能有一個「留一點安靜給自己沉思、留一點空白讓自己喘息」；能「學習水的柔和謙讓，學習水的堅忍不撓」的人生。

　　雲絮蔓延出淡淡的藍，水波交出柔柔的笑，綠樹堆疊出深深的盎然，岩石依傍水流，是旅人佇足的平台，是我歌唱的舞台，在淺淺的低吟過後，引吭出生命的快活；如同那水流，肆意喧譁。

　　兩個男人踏在石邊，在溪流的轉彎處休憩，或許用一只相機定格潺潺流水，也許以一雙眼眸放任流水消逝。若是我，若是我欹坐於久經侵蝕的大石上，手觸摸著垓荒以來的泥塵，頭輕輕仰著，會不會有王維「行到水窮處，坐看雲起時」的悠然，會不會有蘇軾「大江東去，浪淘盡，千古風流人物」的慨嘆，會不會有李後主「恰似一江春水向東流」的愁？

　　當然沒有，因為這只是一條小溪，因為我只是正值青春的女孩，對人生感慨，似懂非懂；對人生憧憬，有更多遐想。因而當我看到這兩個旅人被這山光水色包覆，心中只有想要跳入圖中的瘋狂，我要做望著溪流征忡的女孩，我要做溪流曲高和寡的知音，在無人的靜謐裡一同歌唱。

　　那一彎流水，如同人生。

　　如蜿蜒曲折的溪流，日夜不停奔流，水裡尖稜巨石一同崩落，日夜磨蝕，最後圓潤。流水也會年華老去，終於蹣跚步行，停滯在汙泥裡，看著日薄西山，海洋前來迎接。而我，只是和那兩個旅人一樣，在中途的轉彎處佇留，在飛揚跋扈的青春歲月裡，留一點安靜給自己沉思，留一點空白讓自己喘息，讓流水的溫柔滋潤我，洗盡塵世所有鉛華，還璞歸真。

　　更或許，我是在那圖中的，我是崩解的稜石，隨

水流遷徙至各處，帶我看透人生風景，學習水的柔和謙讓，學習水的堅忍不撓，在經過多少曲折，流歷過多少磨難，流水能磨去我傷人的稜角，蛻變為成熟的圓潤。那兩個男人的旅途只是中途歇息，而我也是，隨著不止歇的水流，我還要繼續走，走過稚嫩，走過愚駿，而邁向下一次曲折，迸激出雀躍的水花。

曾經望著流水，會有莫名的悵惘浮起；曾經觸著流水，只懂得潑起水花嬉戲。而今，我望向那波光燦爛的水面，映著的是我堅定的眼神，流水啊！從今而後，我要追隨妳，向未知的遠方奔去，縱使是生命的終點，也要經歷過湍流的刺激，細流的溫柔，才是我這顆石礫存在的意義。

站在平台上，擁抱藍天，擁抱翠綠，擁抱流水，遼闊的天地是我的舞台，風吹動，水奔流，我和我的人生，我的流水一起奮鬥，高歌著我們恣意的快活！

作者藉「流水」表達「自己對人生的思考，並抒發從溪中礫石及奔騰水流得到感悟」，最終回到主題，表達自己隨流水歌詠人生的積極態度。

立刻到 43 頁挑戰寫作任務 10 吧！

我的探索世界

說明：我們的身邊總有一些人、事、物，特別容易引起我們的好奇或關注，進而採取行動深入探索。有人喜歡吃美食，進而深入探索各種食物製造的過程；有人想要成為歌星，進而深入探索各種歌唱技巧；有人喜歡看漫畫，進而深入探索不同漫畫家的風格；有人想要成為氣象專家，進而深入探索天氣變化的各種原因。請描述你曾經因為某種原因，進而對某種事物進行深入探索的過程或場景，以及整個過程帶給你的收穫或感想。

忍不住

說明：日常生活中，有許多事情讓人忍不住。有人忍不住手機的誘惑，功課成績因而節節敗退；有人看到災民的三餐不繼，忍不住捐出金錢；有人看到老人家上車，忍不住起身讓座。那麼，生活中有哪些事情會讓你忍不住呢？為什麼？請根據你的經驗，寫下感受和想法。

一次失敗的經驗

說明：生活中，我們必須面對各項挑戰，但，不是每件事都能順利完成，即使認真努力，結果也不一定令人滿意。有時因為態度不好頂撞父母，察事不明誤會同學而自覺做人失敗；有時因為準備不周無法繳交作業，努力不夠無法獲得佳績而自覺做事失敗……，這些「失敗」雖然令人感到難受，但都可以讓我們從中學習而成長。請寫出「一次失敗的經驗」，並說明這件事發生的原因、經過和你的心情，以及你從這次失敗經驗中所獲得的體悟。

不得不變通的時候

說明：生活中總會有一些偶發事件，使我們必須變更原訂的計畫或安排。颱風來襲，原訂的旅遊行程被打亂，雖然覺得很無奈，卻有重新安排的機會；準備啦啦隊競賽，某位成員受傷，令人難過，卻也必須另覓選手繼續練習；半夜趕製美術作品，紙黏土用罄，衛生紙加水與膠，也能堆塑出造型。在你遭遇到意外，不得不變通時，你如何調整原有的規劃、作法以面對、解決？從中，你又獲得了什麼體會呢？

遇見不同的自己

說明：在成長的過程中，你會認識很多人，遇見很多事，而在與人群的接觸交流中，你更會看到不同面向的自己。每個不同的自己都是成長的探索與蛻變：為理想而奮鬥的你、與自己和諧相處的你、仗義直言的你、愛哭愛笑天真純的你……，當你愈能發現不同的自己，愈能恬靜與自己對話，成全一個更好的自己。請以「遇見不同的自己」為題，寫下你的經驗、體會和感受。

快樂密碼

說明：快樂的生活是人人所企求的，快樂究竟是遙不可及還是唾手可得呢？每一個人追求快樂的密碼不盡相同。有人認為減去煩惱便是快樂；也有人擅長從生活點滴中發現簡單而真實的快樂；還有人從態度入手，學習轉化煩惱以追求快樂。原來，一個感受、一種態度，快樂也可以這麼簡單！對於追求快樂，你也有自己專屬的「快樂密碼」嗎？請以「快樂密碼」為題，寫下你創造「快樂」的方法、歷程，以及其中的體會。

收藏幸福

說明：每個人心中都有一幅幸福的藍圖。對鏡微笑、淺斟低唱，是幸福；第一次吃糖，甜滋滋的感覺是幸福；冬日裡，享受燦爛陽光灑落的清閒，是幸福；雙手插入襤褸漏底的口袋，踽踽走在晴空下，任憑風霜吹拂，是流浪者平凡的幸福。幸福可以很簡單，也可以很不一樣；幸福可以漾在臉上，也可以埋藏在心底。你曾經收藏過什麼樣的幸福故事呢？請以「收藏幸福」為題，寫一篇結構完整的文章，議論、敘事、抒情皆可，文長不限。

受傷之後

說明：有人因為運動競賽跌倒而受傷，有人因為段考成績失常而受傷，有人因為車禍而受傷，還有人因為友情破裂而受傷。不管是有形的肉體傷害，還是無形的心靈創傷，受傷之後，每個人的反應不同：有人怒不可抑，急於以牙還牙；有人自我反省後，抬頭重新出發；有人則默默承受，讓時間癒合傷口。你曾經受過怎樣的傷害呢？受傷之後，你採取怎樣的方法來面對？請寫下你的經驗、感受和想法。

告別

說明：生活中，我們會因為擁有許多美好的人事物——溫馨的親情、動人的友情、一件心愛的物品，甚至是一處讓人驚呼連連的美景——而欣喜；但也會因為失去這些而悵然。有些「失去」，我們曾好好告別；有些「失去」，卻困措手不及，來不及告別而心存遺憾。請你以「告別」為題，描述一次「告別」的經驗，並將當時發生的過程，和自己的感受寫出來。

找個自己的位置

說明：一株嫩綠的小草在花團錦簇的春天找到綻放綠意的位置；一朵美麗的向日葵在熱烈奔放的夏日找到散發馥郁芬芳的位置；你，是否也想要在生命的舞台找到自己正確的位置與存在的價值？在尋找自己位置的過程中，你曾遭遇什麼困難或徬徨？曾獲得什麼領悟或幫助？請以「找個自己的位置」為題，書寫你的經驗、想法與體會。

「情動於中，而形於言」，滿溢的情感發諸文字後，苦無更上層樓的引導嗎？
趕快登入 http://blog.u-writing.com/?page_id=5，眾多高手等著幫你打通任督二脈！

讓心靈放鬆一下，在一筆一畫的著色過程中，釋放壓力、喚醒創造力，與下個階段的學習，來場美麗的邂逅。

夫君子之行，靜以修身，儉以養德，非淡泊無以明志，非寧靜無以致遠。

～諸葛亮

人際相會

人與人之間的相處、陪伴、犧牲、衝突⋯⋯，
令人刻骨銘心，人間的離合悲歡怎麼寫？

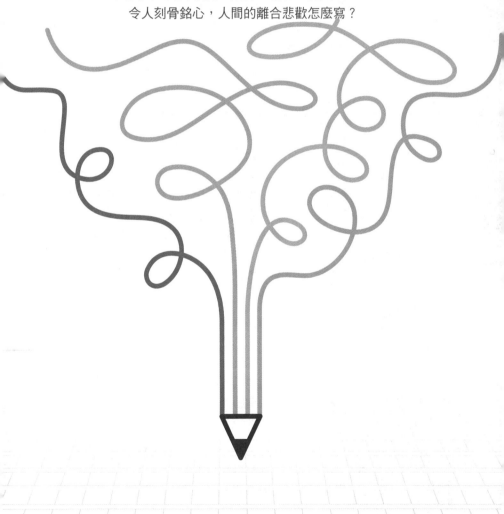

朋友之情

　　友情可說是生命中不可或缺的心靈避風港。因為友情，我們在人生的道路上有披荊斬棘的夥伴；因為友情，我們的笑容有人分享，心碎及眼淚有人收拾；因為友情，我們走出家門時不會感到孤獨於人海中。友情是多麼美好的事物，但要如何寫在文章裡呢？

　　現代學生課業繁重，每天被課後的補習、讀書、作業壓得喘不過氣，何來蘇軾〈記承天寺夜遊〉中偕友欣然起行的閒適情懷；社群網路與通訊軟體發達，我們時時刻刻可看到朋友的生活一二，也因此少有白居易〈與元微之書〉中那種「人間相見是何年」的遙想懷念；而交通聯繫便捷，更別說會有李白〈黃鶴樓送孟浩然之廣陵〉中「孤帆遠影碧山盡，惟見長江天際流」那種送行的惆悵；當然，我們不能有幸生在魔法世界，也無法像哈利波特般與摯友進行一場又一場的生死冒險。那麼，友情主題的文章到底還能寫些什麼？

　　友情文章的書寫，側重於朋友間事件的描述以及其中蘊含的情誼。我們很難用一篇純粹的論說文去論述友情對自己的意義，因此更需要事件的敘述與烘托，讓文章具有生命及溫度。至於與朋友的相處時光難以計數，什麼樣的事件值得一寫，則又考驗著選材的功夫。

　　我們可以先來討論友情的本質。友情的可貴，不外乎是能夠讓人們互相依賴扶持，共同體驗及分享喜怒哀樂，有時還能夠相互砥礪成長，作彼此的鏡子指出得失。以這些友情的本質為基礎來檢視自己的生活，自然能找到許多專屬於自

寫作 GPS

1

友情可以這樣寫！

人生滋味　人際相會　社會透鏡　時空感知

己與朋友之間的友誼故事。

　　如同親情文章的寫作，下筆之前，要先訂定一個情感的主軸，這篇文章究竟是要講朋友的陪伴，朋友的協助，朋友的犧牲，還是朋友的包容？選擇其中一個重點加以著墨，其他的內容可以作為妝點及陪襯，那麼這樣的文章就會既完整又清晰，讀起來也不會有雜亂找不到核心的感覺。

　　以下有幾個方向可以提供你篩選事件的依據。

一、陪伴：陪伴是友情中相當珍貴的要素，無論是共同經歷喜悅高潮或憂鬱低谷，那都讓人知道自己並不孤單，找一個刻骨銘心的事件，寫出朋友的陪伴所帶給你的感受。

二、衝突：衝突事件是最好呈現情感的方式，與朋友之間的爭執或衝突，往往是檢驗彼此友誼以及在乎彼此的證明，但衝突的重點不在過程，而在衝突過後友情的復原與堅定，如果有這樣的衝突事件，不妨納入文中。

三、犧牲：在許多感人肺腑的友誼故事或電影中，往往參雜犧牲的元素，當然這並非代表死生的犧牲才叫珍貴，思考材料時，可以回顧過去與朋友相處的時光中，對方曾為你的犧牲，也許是犧牲時間，犧牲金錢，犧牲喜悅陪你難過，犧牲優閒生活替你分憂解勞，或是犧牲幸福的機會陪你度過孤獨。

　　友情是多麼美好的事物啊，其實要寫好它並不難，只要悉心剪裁生活事件，記下那些刻骨銘心的時光，你也可以寫出勝於古人經典的真摯友情。

風信子

希臘神話中有段刻骨銘心的友情：太陽神阿波羅與西風之神傑佛瑞斯都很喜歡海新瑟斯，有一天，傑佛瑞斯看見阿波羅與海新瑟斯一起擲鐵餅，由妒生恨，故意吹風捉弄，讓鐵餅偏向，結果擊中海新瑟斯的額頭，海新瑟斯流血而死。染血的草地隨後長出一種植物，並開了美麗的鮮花，悲痛的阿波羅就稱它為海新瑟斯（風信子的原名 Hyacinthus），來紀念這位好友。

陪伴好溫暖，衝突情更深，犧牲證真心！

美麗的邂逅

台北市靜心中學 國七 葉庭安

人生的海，我們是在海洋中浮沉的一葉扁舟，而意外可能就是使你不斷向後，歸回原點的逆風，卻也同時是助你一臂之力的浪潮。我，坐在窗前，這樣，沉思著。

若你能掌控時光，改變一切，你會選擇讓意外發生還是將它驅逐？

活躍奔騰的思緒停止，記憶在此時此刻歸回了那日下午。我，一如往常，梳理了雜亂似草般的頭髮，將它高高盤起，綁上了最喜愛的粉色蝴蝶結，戴上銀白鑲著些小水鑽的手錶，背上輕巧便利的藍色小側背包，踩著輕快的步伐，來到了社區圖書館，挑了本小說，走到靠窗的位子上，讓微微陽光灑落在書上，當天然的燈泡。漸漸地，時間停止了，窗外鳥叫蟬鳴越叫越小……聽不見了。眼神專注的看著密密麻麻的文字，腦海中浮現了男女主角以黑夜中閃耀的星斗做為暗號，許下了海誓山盟的承諾。突然，一隻手，輕拍著我的背，我似觸電般跳了起來，頭往上一仰，腦海中那些畫面似風般消失地無影無蹤，剩下的，盡是一片的空白……。

那男生向我打了聲招呼，我也吱吱唔唔的向他說嗨，場面像被凝結般，有些尷尬，他又開口道：「走！我們去外頭聊聊天，畢竟十年沒見了！」我點了點頭，放下書，離開了圖書館，來到外頭，他問我：「妳氣消了嗎？」我便回想起十年前那段爭吵，心頭又勾起了點點火光，他見我久久不語，便說：「好啦！對不起！我那時脾氣衝動了些，請妳原諒我！」瞬間怒火似被澆息般，我回他：「沒關係了，其實我那時也

有錯，我不該情緒那麼暴躁，對不起！」我們相視而笑，我知道十年前的傷口，在此時此刻，癒合了……。

　　一次意外的巧遇，讓我消去了怒氣；一次意外的巧遇，讓我彌補十年前的瘡口；一次意外的巧遇，拾回了珍貴的友誼。

　　時光，飛回到了現在，那問題，有了個答案。

　　如果是我，我願發生美麗的意外。

　　意外，帶給我更多美麗的回憶。

回到現實，作者揭曉自己的答案，也為「意外」下了個唯美的註解。

總評：

作者敘事詳略有度，情緒隨著對話有所起伏，以精要而富蘊情感的文句道出伴隨邂逅而來出乎意料的收穫；剪裁功力高妙，文中兼具寫景、敘事、抒情，讀來特別細緻有味。

立刻到 86 頁挑戰寫作任務 1 吧！

人生滋味

人際相會

社會透鏡

時空感知

寫作
GPS
2

找到你的回憶媒介物！

睹物思情法

席慕蓉〈一棵開花的樹〉寫道：「如何讓你遇見我，在我最美麗的時刻……」（出自《七里香》）人們相見，總是希望能夠展現最好的一面，予人美好的第一印象。作文也是一樣，一篇好的文章，少不了如「鳳首」般漂亮的開頭，一登場就能吸引讀者的目光，引領讀者閱讀的興味。應試作文尤其是如此，如何在數千篇的試卷中，得到評審老師的青睞，文章首段的經營格外地重要。文章開頭法有許多招式，在這次的單元裡，要介紹的是「睹物思情」的文章開頭法。

「睹物思情」的文章開頭法，特別適用於抒情文，帶有回憶情感的文章。藉由特定的「物品」作為「回憶媒介」的引子，引起回憶的波濤，進而開展全文。舉例來說：同學們看到「數學考卷上的紅字」，會想起「數學老師勤奮教學的認真身影」；看到小學的「畢業紀念冊」，會想起從前「和同學們歡笑滿盈的快樂時光」；看到「得獎的錦旗獎盃」，會想起「準備比賽流汗灑淚的努力歷程」。而數學考卷、畢業紀念冊、錦旗獎盃就是勾起美好回憶的「媒介」。有了「回憶媒介」，這些原本深藏在胸臆之間的記憶，自然就如洶湧海水湧上心頭，作者便可藉此開展下文，讀者也能順著回憶媒介的牽線，進入到作者所鋪陳的故事之中。

至於如何鋪排「回憶媒介」呢？我們可以運用「視、聽、嗅、味、觸」五覺之中的某一種感覺，再安排「回憶媒介」登場的「方式」。例如，若文章主題是要描述「和外婆親密的情感」，可藉由和外婆相關的回憶媒介開展下文：

五覺	回憶媒介	回憶媒介登場方式設計
視覺	和外婆的合照	整理書櫃時，瞥見一本布滿灰塵的相簿，拾起它，我小心翼翼翻開封面。相簿裡夾著一張泛黃的相片，那是我六歲時和外婆一同去動物園遊玩時所拍攝的合照……。
聽覺	民歌	星期天的午後，我心血來潮地扭開收音機，電台廣播裡傳出熟悉的曲調，那是孩提時，外婆經常摟著我，哼唱給我聽的歌曲……。
嗅覺	梔子花的香味	走過山中小徑，空氣中飄散著一股清香，循著這熟悉香氣尋去，原來是一樹盛開的梔子花。我想起外婆家的後院，也種著梔子花，每逢花開時，濃郁花香盈滿後院……。
味覺	美味的滷豬腳	細細品嚐著餐桌上那鍋滷得香氣四溢、Q彈軟嫩、入口即化的豬腳，這熟悉的好滋味讓我無法忘懷。小時候，每當回到外婆家，餐桌上永遠有這麼一鍋外婆親手烹煮的滷豬腳……。
觸覺	溫熱的懷爐	北風凜凜的寒冬，雙手緊握著一只溫熱的懷爐，暖意從手心裡慢慢增溫，退卻了寒風的侵擾。童稚時，每當冬夜裡我打著哆嗦，外婆總是會塞一個溫熱的懷爐在我懷裡……。

由以上範例可知，只要我們能掌握與主題相關的回憶媒介，並運用五覺帶出與回憶媒介有關的故事，就能設計出一段不落俗套的文章開頭喔！

物品勾起情感與回憶

有什麼物品會勾起你的情感與回憶呢？試著用五覺設計一段讓回憶媒介登場的開頭吧！

視覺	
聽覺	
嗅覺	
味覺	
觸覺	

搭配不同的感官知覺，就創造出不同的抒情效果耶！

聽見下雨的聲音

台南市德光中學 國九 謝依璇

8th 聯合盃 作文大賽
優等感動
2014 決賽

竹籬上停留著蜻蜓，玻璃瓶裡豎起一座座小小森林，青苔入鏡，回憶就像是一行行無從剪接出的風景。新鮮伴著溼土的空氣，悄悄竄進鼻息，雨水滴落在屋頂上的磚塊，聽見下雨的聲音，聽見失去後緩緩拾回的點滴。

望著清透湛藍的天空，一片片薄雲自由自在的飄浮，金黃色的陽光耀眼的從樹葉細縫中像金粉般灑落。我和爺爺最喜歡望著窗外融進大自然裡一絲絲的美好，彷彿這扇窗是通往幸福洋溢的自然世界。爺爺告訴我，雨聲是他最喜歡的交響樂團，當烏雲籠罩大地時，滂沱大雨就像是直瀉的瀑布傾下親吻著大地的每一寸肌膚，啪答啪答像是大鼓威震的聲響；當清晨的雨滴伴著朦朧的霧氣迎接新的一天，雨聲便像芭蕾般輕快旋轉表演跳躍的舞步，滴滴答答像是木琴清脆的音色。爺爺的豐富想像力總是和雨水一起落下，清新的空氣裡瀰漫著他的淡淡味道。

望著清透湛藍的天空，一片片薄雲自由自在的飄浮，金黃色的陽光耀眼的從樹葉細縫中像金粉般灑落。一如往常的景色卻是失去了平時和爺爺一起欣賞的快樂，多了無限的悲傷蔓延，當我聽著下雨的聲音，眼淚不自覺的和雨水交融成一灘水。自從失去爺爺之後，彷彿全世界的難過氛圍充斥著每個角落，雨的交響樂團只表演沉悶的古典樂曲。但是隨著時間的流逝，不斷前進，爺爺的笑容和味道彷彿離開了天空，我卻能在雨聲裡依稀聽見他的思念。

聽見下雨的聲音，聽見失去後緩緩拾回的點滴，面對失去的悲痛，樂觀的面對讓時間沖淡，爺爺永遠

由回憶中簡單純樸的景象轉入眼前雨景、雨聲，往事一幕幕也因此掠上心頭。首段營造了淡然優美的畫面，以「雨聲」為回憶媒介，牽引讀者一同追憶往事。

此段既寫景，也抒情。爺爺對於雨的豐富想像，透過譬喻、擬人、聽覺摹寫及移覺技巧鮮活呈現，在雨景雨聲中，我們感受到祖孫間最質樸溫馨的情感。

開頭景色和前段相同，然而氛圍、情緒卻大相逕庭，失去爺爺的衝擊不言可喻。然而作者不放肆渲染哀傷之情，「失去」的黯然神傷隨著時間漸淡，悲情愁緒也因而昇華──在雨聲中聽見爺爺的思念──爺爺似乎未曾消逝。

伴著雨聲，伴隨著雨後的陽光努力地透出天空，在失去後更能體會當時的感受，珍惜一切，順其自然的站上未來的道路。

結尾不僅回應首段，在情感上更有另一層體悟——聽見失去後緩緩拾回的點滴——超脫悲傷的桎梏，發現失去後的擁有。

總評：

本文以「雨聲」貫串全文，場景、氣氛和內心情緒相互呼應交融，平實自然的文字中富蘊豐沛真摯的情性，是本文最難得之處。

立刻到 86 頁挑戰寫作任務 2 吧！

人生滋味

人際相會

社會透鏡

時空感知

寫作
GPS

3

親人之情

在抒情文中，親情是個常被書寫的主題，親情幾乎人人都有，只是如何寫得好，寫得動人，卻往往讓人傷透腦筋。

曾經有好幾次，升學考試作文題目一公布，媒體便戲稱又是一波「考後死亡潮」，考生們想要營造動人的抒情文氛圍卻想不出什麼材料時，往往就朝親人「開刀」。於是過世的家屬與各種感傷、懊悔、捨不得的情緒文字氾濫，學生寫得一把辛酸淚，閱卷老師眼裡卻是滿紙荒唐言。

生離死別固然感人，但它並非是唯一能動人的寫作材料。就像在國中三年，我們幾乎不會錯過的朱自清〈背影〉、胡適〈母親的教誨〉、洪醒夫〈紙船印象〉等文章，它們之所以成為經典流傳，不是因為狗血煽情，而是在於字裡行間真實純粹的親與愛。

許多優秀的創作者都說過，唯有能感動自己的作品才能夠感動別人。學生們寫「死亡」寫不好或寫成俗套的樣板文章，大多因為寫出的文章不能觸動自己，往往為了抒情而抒情，為了悲傷而悲傷。如果心智年齡及情感經驗尚不足以承載及體悟親人的離去，那麼長篇大論的哀傷就只是一種當下情緒的流水帳，雖然它是一個速成又好寫的題材，但是否真的能寫出親情的溫度，反而更考驗寫作功力了。

親情類的作文，不能用大火快炒加辛添辣方式來書寫，而要以小火慢燉細細煨煮提煉情感，其中關鍵就在於材料的細膩程度？首先必須要確認這篇抒情文究竟要抒什麼情？是對親人的孺

親情的溫度，
要小火提煉。

慕、感謝、懷念或者懊悔，定出一個情感的軸線，讓文章順著開展，自然不會離題混亂。

選材時，務必考慮是否貼近自己的生活及心靈，是不是自己可以掌握，無需加入太多想像就可以呈現完整的事件及感受。試著問自己，過去從家庭及家人身上得到最感動或印象最深刻的一件事，多數人不會只想到死去活來的場景。有人會想起母親夜夜在床邊講那些聽了千遍也不倦的格林童話；有人說每天晚自習下課看到父親在校門口等待的身影讓他感到溫暖；有人可以清楚描述外公笑咪咪排解孫子們搶奪腳踏車及玩具的畫面；也有人最難忘姐姐第一次帶他進戲院看電影的新鮮。有句話說：「親情的濃度不是白開水的平平淡淡，無色無味；也不是苦咖啡，濃濃烈烈，苦澀難咽」，這些與家人互動的點滴時光，或許不是高潮迭起，或許只是再簡單也不過的日常生活，但只要它們是「真的」，每次想起來會感到溫暖而真切不虛偽，那便是最好的親情書寫題材。

至於平時要如何蒐集這些材料，不外乎三個重點，那就是多觀察多關注多關心。觀察家人們的日常細節，關注家人們的生活故事，關心家人們的身心狀態。我們會發現這些習以為常朝夕相處的家人們，與我們有許多的互動與情感，是那麼簡單真誠而動人。

切記，不是只有讓人想哭的抒情文才是好的抒情文，對於幸福感的描述以及對於親人的感謝等等，都會是比起死去活來更好發揮又更好掌握的題材。

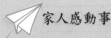

家人感動事

回想一下，過去從家庭及家人身上得到最感動或印象最深刻的一件事是什麼，把它寫下來。

能夠感動人的素材，不一定非得是生離死別哦！

心靈的溝通

台中市曉明女中 國九 卓雯臻

開頭並未提及父親的作為，但從作者戰戰兢兢的描寫，可見父親要求之嚴厲。

　　一個個無精打采的白天，一個個挑燈夜戰的夜晚，每日拖著疲憊的身軀以及惺忪的雙眼，在充滿知識的腦袋中絲毫不敢存在「玩樂」的念頭，成績像毒品一樣，我追尋更大劑量不止息地麻醉自己，只為滿足父親對我的期望。

以譬喻、轉化勾勒父親的兇惡無情，寫出兩人隔閡之深。

　　期望落空，嚴厲的斥責聲像失去毒品時那全身被貫穿的刺痛感，淚水盈滿雙眼，隱約看見的是父親兇惡的眼神，難道費盡千辛萬苦換來的將是如此不公平的待遇，終於，放下一切的執著倒下了，和父親之間情感的聯繫也隨之斷裂⋯⋯。那些灰黯的日子裡，我什麼也不做，獨自用呆滯的眼神，回應這廣袤世界的不公平，以雙臂阻擋奔湧而來的悲慟。

一起出遊卻沉默以對，相應著溫熱的回憶，更突顯作者內心的寒涼冷冽。

　　因緣際會下，在一次考試後的下午，和父親結伴前往山區，拍攝報告所需的資料。沿途中，我們踏進大自然的懷抱中，細細聆聽大自然的聲音，而我們卻以沉默回應，彼此心中的那道橋樑仍殘破不堪，但抬頭傾望，那壯碩的身軀曾將我溫柔的抱在懷裡，漸漸地長大後，以粗糙長滿繭的大手，拉著我細緻的小手，傳遞著微熱的幸福溫度，如今卻已不復存在，徒留冷冽的寒風刺進骨裡。

到達目的地的美景描摹鋪寫出正向的心情轉變，兩人在心靈的溝通中搭起聯繫的橋樑。此處若無前文的苦楚鋪陳，便顯不出情節的跌宕，唯父愛的傳遞仍可具體從跋山涉水時的鼓勵眼神、牽執動作甚或雄厚背影體現，才不會顯得虛無飄渺無所憑據。

　　到達目的地的那一刻，聽見一陣低沉的歡呼聲，在懷疑中發現原來是父親的聲音。湛藍的天空點綴著朵朵如棉花糖般的白雲；環顧四周，是茂密的叢林以龐大的身軀包圍著我們，以嫵媚之姿迎接我們；蜿蜒的小河川清澈見底，向無窮遠處流；腳下踏的是一顆結實堅硬的石頭，看似其貌不揚，但有了它的存在，人們才能到達並欣賞與大自然共存的美好。我感覺大

自然正與我共同喘息著，漸漸地，心靈接收到一股父愛的溫暖，不藉由言語傳遞，卻逐漸以一磚一瓦築起聯繫的那道橋梁。

衝突與悔恨落解，我們都找到了平衡，各自站在天平的兩端保持最佳距離。如果衝突換不回父愛，我寧願默默地接受父親愛的教導；如果埋怨換不回快樂，我寧願做一個聽話的乖小孩，永遠依偎在父親的懷抱裡；如果冷漠換不回溫暖，我寧願和父親珍惜在一起的時光。

以排比句式堆疊收束力量，並以「期望法」總結，期許自己放下衝突、埋怨與冷漠！

總評：

在交流暢達無礙的狀況下，親子關係應是溫馨和諧的，倘摩擦日生，相處漸感壓力，不妨像作者一樣，到大自然進行最純粹的心靈溝通，以找到天平兩端的最佳距離，別再讓口不對心的言語，加深彼此的鴻溝。

立刻到 86 頁挑戰寫作任務 3 吧！

人生滋味

人際相會

社會透鏡

時空感知

寫作 GPS

4

夢境讓你的情緒
表現更強烈。

夢境開頭法

俗話說：「日有所思，夜有所夢」，夢是潛意識捎來的訊息，這些訊息源自於我們日常生活中所遇到的人、事、物。根據醫學報告研究指出，夢境其實就是人的記憶在重組，幫助我們整理白天所發生的事情，或是幫助我們面對未來的挑戰。在成長的過程中，許多人都曾夢過「從高空往下墜落」的夢，以心理學的層面來探討，從「高空墜下」表示正「承受著某種壓力」，而這個壓力藉由夢境釋放出來。

在電影〈全面啟動〉中，主角李奧納多所扮演的角色是個「造夢者」，替有需求的客戶「製造夢境」。在這次的單元裡，我們也要創造夢境，練習藉由「夢境的描述」，來開展文章的第一段。「夢境開頭法」特別適用於有強烈情緒、深層感受的文章，讀者能乘著作者所創造出的夢境羽翼，一窺其內心世界，更能體會作者想表達的情緒感受。

如何設計「夢境開頭法」呢？第一個步驟，是在審題之後，掌握所想描寫的「心理情緒」。當我們寫作不同題目時，會產生不同的情緒，例如：102 年會考試題〈來不及〉，書寫的可能是懊悔之情，而 104 年會考試題〈捨不得〉，描述的是不捨的感受。其次是為想表現的心理情緒，選擇一個相關的「意象物」，以及確立此「意象物」的「象徵意義」。例如：布娃娃象徵童年，可以表現捨不得童年的流逝；早晨的晨曦象徵希望，可以呈現正面積極的能量；帶刺的玫瑰象徵危險的愛情，可以表達心碎的失戀感受。我們來看以下的範例：

方法步驟	範例一
1. 掌握心理情緒	困頓不自由，沒有自主的選擇權
2. 選擇意象物	網中的魚
3. 確立象徵義	象徵任人宰割
4. 組織成首段	於困厄的網中掙扎，我是一尾落網的魚，只能在狹小的空間獨自驚惶，密密麻麻的繩網中透不進一絲明亮，未知與茫然比洶湧波濤還要可怕。是要用作觀賞呢，或是桌上的佳餚？失去主權的我聽收網的人擺佈，完全沒有資格說話。【〈那一次，我自己做決定〉六級分樣卷首段】

夢

玉茗堂四夢（又稱臨川四夢）是明代劇作家湯顯祖的四部戲劇作品：《牡丹亭》、《紫釵記》、《邯鄲記》、《南柯記》。想一想，這些作品想表現的心理情緒為何？有什麼相關的意象物？

方法步驟	範例二
1. 掌握心理情緒	童年流逝的失落情緒
2. 選擇意象物	笑聲、髮辮、鳥兒
3. 確立象徵義	象徵美好的事物無法長存
4. 組織成首段	清亮的笑聲在澄澈的天空中迴盪，柔軟的髮辮像翩翩飛舞的蝴蝶，如同一隻活力充沛的鳥兒，在某個不知名的角落鳴唱著。但一轉身，也不過就是一眼瞬間，那輕盈嬌小的身子，卻消失得無影無蹤。我的童年，妳又藏到哪裡了呢？【〈來不及〉六級分樣卷首段】

夢境寫得天馬行空，但我要確立的象徵意義是什麼呢？

下次寫作時，倘若有強烈情緒想表現的時候，不妨創造一個夢境，藉由夢境來開頭，引領讀者進入你的文章世界吧！（樣卷出自「國中教育會考」網站 cap.ntnu.edu.tw）

失去後的堅強

彰化縣陽明國中 國九 施少旎

8th 聯合盃 作文大賽
優等感動
2014 決賽

本文不單抒寫失去至親的悲痛難捨，更進一步呈現體悟成長，轉而勇敢積極地面對失去親人之痛，情感沛然而有層次，自然扣人心弦。以夢境開頭，惡夢情境歷歷在目，讓讀者深切感受作者沉陷失去哥哥的苦痛泥淖中。

第四至六段，作者由察覺自己的怯懦逃避，至祭拜哥哥時觸景傷情，最後聽聞口琴樂音憶起哥哥的身影，敘事抒情交融，不著痕跡地將情感層層堆疊積累，至心中哀淒痛楚已瀕臨崩潰。

又一次的，我在黑暗中踽踽獨行，我徬徨，不知所措地摸索著尋找出口，急欲離開這感覺不懷好意的森黑。剎地，一聲痛苦喊叫利刃般劃破我的耳膜，我盲目的尋聲而去，卻又一次來不及緊緊抓住那隻攀著樓頂邊緣的手，只能如每一次在惡夢中一樣，眼睜睜看著最親愛的哥哥急速墜落，最終遭到獰笑著的黑暗一口吞噬……。

汗水，浸溼了床單，亦或許是淚水呢，陽光穿透窗簾，以輕軟的貓步躍動於我身上，我卻仍未自夜夜侵擾的惡夢中獲得解脫，哥哥也走了兩年多了，可他離去的陰影仍籠罩著我心。我就只是日復一日，與夜深夢迴時才會顯露出來的軟弱對抗。

失去，對，我失去了最大的玩偶，失去了最好的保護者，失去了我最愛的哥哥。但同時，我卻也失去了從前快樂的我。

父母自然是也沉浸於傷痛中。但他們懂得如何面對，而我只是一味逃避閃躲；他們努力釋懷，我，只是在令人震耳欲聾的寂靜夜晚中，緊守著回憶並放聲大哭。

父母輕輕拉開我的房門，對於我臉上的淚痕他們並不感意外，我們剩餘的一家三口踏著晨曦拾級而上，看那凌亂的野草依稀是我們兄妹玩耍的遺跡，但哥哥今卻已躲在山頭，那冰冷的石碑底下。

我顫抖的點燃了線香，煙如絲如縷地裊裊上升，承載著無法用言語表達的思念翳入天聽，鼻子一酸，可這次淚水並未如往常潸然落下。遠方，全心全意地響起了口琴的樂音，與記憶中哥哥吹著口琴的身影重

疊。旋律優美得令人心痛，懷念狠狠地啃噬心扉。

　　轉過頭，父母兩人已掩面，而淚水自指縫悄悄流下。樂音仍迴盪於山谷間，我突然獲得了勇氣，我緊緊擁住父母的身子，卻不知何時母親的臉上刻上了許多歲月的痕跡，而父親總是厚實的胸膛顯得單薄。我有多久沒有這樣抱著父母了？

　　時間彷彿又回到那個不堪回首的夏天。那天我們也是這樣以無法呼吸的擁抱來安慰彼此，但我在葬禮後便不容分說地將自己封入只有悲傷的空間中，拒絕讓任何人進入。但我竟沒想過，自己這麼做卻是讓父母在失去兒子的同時也失去我這個女兒……。

　　臂膀傳來的溫暖溶化了我堅固的外牆，我下定決心，從此要一肩扛起照顧父母的責任。而影影綽綽間，我彷彿看見哥哥的眼睛在山的另一頭，閃爍著唯美的光芒……。

因瞥見父母掩面流淚而赫然覺醒，全文於此有了轉折——作者展現出同理心，頓脫悲傷羈束，也和父母重新有了溫暖交流。

作者決定無畏無懼地面對「失去」，呼應主題——失去後的堅強，有力地突顯主旨。文末予以讀者一個溫馨動人的畫面，沒有刻意的情感抒發，那令人憐惜的堅強卻在讀者心中自然渲染。

立刻到 86 頁挑戰寫作任務 4 吧！

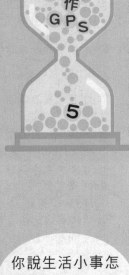

人生滋味

人際相會

社會透鏡

時空感知

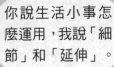

你說生活小事怎麼運用，我說「細節」和「延伸」。

以小見大的生活寫作

當我們檢視歷年基測及會考的作文題目時，不難發現題目的主題都與「生活」息息相關。例如：〈從陌生到熟悉〉（104 年會考）、〈來不及〉（103 年會考）、〈從那件事中，我發現了不一樣的自己〉（102 年基測）等，都偏向從個人生活經驗中，抒發自己內心的真實情感及其背後的深刻意涵。因此如何從生活中提取可以書寫的素材，成為寫作的關鍵。

然而生活經驗人人都有，如何讓自己的文章能與眾不同，讓讀者看了印象深刻？就需要一些巧思。生活中其實有許多可貴的經驗，端看你有沒有發現它的價值。這些經驗說起來平凡無奇，可能只是與媽媽上市場張羅食材、學校的班級活動，甚至是一張舊照片、一則新聞，但這些都是生活中閃閃發光的可貴經驗。除了發現這些素材之外，如何把它們發揮的淋漓盡致，還需要一些方法了。

寫作技巧中有一種手法稱為「以小見大」；即是指透過對事、物的細微描寫，表現出小細節後的深層意義。而「以小見大」的使用要掌握兩個原則：

一、掌握「小」的描寫原則

從事物的小細節寫起，微觀而仔細的描寫生活中的素材，藉此突顯題旨背後的抽象意義。如大家所熟知的朱自清〈背影〉：「父親是一個胖子，走過去自然要費事些。……我看見他戴著黑布小帽，穿著黑布大馬褂，深青布棉袍，蹣跚地走到鐵道邊，慢慢探身下去，尚不大難。可是他穿過鐵道，要爬上那邊月臺，就不容易了。他用

兩手攀著上面，兩腳再向上縮；他肥胖的身子向左微傾，顯出努力的樣子。這時我看見他的背影，我的淚很快地流下來了。」（出自《朱自清全集》）文中描寫父親對自己的關愛，作者卻不直接寫父親的愛，而是透過描寫父親買橘子的細微動作來表現父親的愛。

二、掌握「小」的延伸原則

在「以小見大」的技巧下，不論什麼小事物的描寫，重點是要能從小中見「大」。因此，小事物描寫後的延伸便是技巧使用的成敗關鍵。如鄭振鐸〈海燕〉一文中提到：「那些小燕子，那末伶俐可愛的小燕子，便也由南方飛來，加入了這個雋妙無比的春景的圖畫中，為春光平添了許多的生趣。……這小燕子，便是我們故鄉的那一對，兩對嗎？便是我們今春在故鄉所見的那一對，兩對嗎？見了它們，遊子們能不引起了，至少是輕煙似的，一縷兩縷的鄉愁嗎？」（出自《海燕》）描寫春天裡從南方飛來的、在空中飛舞的小燕子，延伸出在北地的遊子見到燕子時所引起的鄉愁。文中從描寫小事物延伸出思鄉的大主題。

英國詩人布萊克曾説：「一沙一天地，一花一天堂」，生活中的簡單的小事透過你的慧眼、巧思及「以小見大」的方法，也可以寫出深刻又獨特的好文章。

黑暗感覺

作家張曉風曾經趁著家人不在的時間，以「不開燈、不用電」來規劃傍晚的「黃昏美學」。先是讀書，隨著光線逐漸昏暗，起身澆花、煮水餃、吃水果，細細體會瓦斯的微光以及剝葡萄柚的觸覺，既而彈琴、運動、洗澡、泡茶……。你不妨也試著把燈、電關掉，感受生活小事的滋味，寫篇「以小見大」的文章吧！

能掌握「描寫原則」和「延伸原則」，生活小事也可以是絕佳的寫作素材。

常常，我想起那眼神

雲林縣永年中學 國八 吳彥蓁

夜深人靜，銀白的月光灑落一片，在滿桌雜亂的書本、考卷上，堆疊著過幾天就需考試的惶恐不安。我獨自在這桌前奮戰著。忽然，角落那張泛黃的試卷吸引我的目光，一張滿分的國文試卷，多少次，那記憶中的眼神又浮上我的心頭，記憶猶新，不曾淡去……。

那是一個冷若冰霜的眼神。

那是國一的平時國文小考，處在水深火熱的考試氛圍應該加緊用功的我，卻因剛出版的小說而忘了本分，沉浸在與文字和虛幻遨遊的空間中不可自拔，心想依我的實力，只需在前天晚上翻翻數頁，加深印象即可。不料，就在我闔上小說，意猶未盡的勉強翻開課本時，我愣住了。書上的文字離我是如此遙遠，如同隔了一條大鴻溝，課文的內容，好陌生，被披上了一層「貪玩」的面紗。所有的一切就如那摩斯密碼般——艱深困惑。心中那平靜翻起了滔天巨浪，不安淹沒了心房，我臨時抱佛腳的溫習，可那內容卻硬梆梆的，塞不進我的腦袋。我懷著緊張不安的心情參加考試，憑著惡補填上了生疏的答案，但仍有許多題目無法解答。於是我決定了，眼神飄向隔壁的同學，那是我最好的朋友，國文科的佼佼者，映在眼簾中是我沉思已久的答案，我毫不猶豫的填上，交出試卷。

隔天結果出爐，我拿了滿分，下課後我向我的朋友坦白我的作為，原本心中理直氣壯的認為她會因我的承認既往不咎。但，我著實的錯了。她冷淡的直視著我，無情的氣息襲捲而來，我不由得打了個哆嗦，那眼神射出一條條雷射光束，射穿了我的胸膛，我的

心在抽痛、淌血。很快的，眼神轉為憤怒，我看見怒火在那黑白分明的眼珠中燃燒，心虛愧疚的我不敢直視那刺眼的失望與憤怒。最後，她睥睨著我，拋下了一個不屑的白眼，離我而去。

往後的每一個大小考試，我總想起那眼神，那痛苦的夢魘，隱含著什麼？我們絕交了，我倆心中的信任毀於我的作弊，我的不誠實。它，這個眼神如同一條鞭子，刻上了我的無知，鞭策著我要誠實的面對每一個考試。我不再如此，收起了貪玩及無恥的作為，認真嚴肅準備每個考試，每當我心中那邪惡的念頭甦醒，那眼神便成了一把鑰匙，將那念頭鎖緊，鎖在內心的最深處。那眼神是難忘的，影響了我的處事態度，啟發了我曾經拋棄的誠實。

從記憶中甦醒，目光從卷上移開，我繼續準備著後天的考試。我想，後天的我將會是自信的走上戰場，正當的書寫完測驗。因為那個眼神，我的人生將綻放著燦爛美麗的誠實之花。

思想能進一步連結延伸，賦予那眼神更深層的生命意涵！

從沉痛悔恨的記憶中甦醒，以滿滿的正向能量面對人生——此處以「期望法」有效總結，今昔今的結構安排亦見巧思。

總評：

因作弊招致好友不屑的白眼，那是痛苦夢魘的發端，但也讓自己從中成長，人生從此綻放著燦爛美麗的誠實之花——事件的記敘、材料的安排及思想的延伸均有可取之處。

立刻到 86 頁挑戰寫作任務 5 吧！

人生滋味

人際相會

社會透鏡

時空感知

寫作 GPS

6

讓你的聯想力全開吧！

創意無限——
用聯想創造新視界

寫作最怕詞窮，最怕苦無想法而寫不出內容，這時如果能發揮聯想力，就可以解決寫作時困窘的問題囉！但聯想力要如何鍛鍊呢？豐富的聯想力要靠平日的培養，除了盡可能閱讀各類書籍外，最重要的是從實際的生活經驗獲得。生活經驗是培養聯想力的最大推手，同樣是觀察「雨」的樣貌時，有些人會認為雨像是顆顆晶瑩剔透的珍珠，是地上閃亮的小冰雹，像聖誕樹上的銀飾，甚至還有人認為雨就像是空中撒落的細鹽，如此迥異的思考方向，就是來自於差異的聯想面向。透過增強聯想的過程，就可呈現精煉的語言文字，所以培養具有廣泛思考力的大腦是第一要務，當有了無限想像力的大腦時，隨時都能寫出動人的文章。

＊如何用聯想創造新視界？

一、萬物靜觀皆自得，從生活中的萬事萬物找靈感，培養敏銳的觀察力：

以「玫瑰」為例子，它除了是一種花卉之外，也是一種愛情的象徵，張愛玲曾在〈紅玫瑰與白玫瑰〉中，藉由不同顏色的玫瑰花象徵不同的情人，紅色的玫瑰是熱情的，而白色的玫瑰是純潔的，張愛玲藉由花卉顏色的不同，寫不出同面向的情人，激出愛情的火花。如果你具備多元的知識，那就有更多的素材可以發揮，所描寫的對象形象也更加鮮明。

二、尋找更多適當的相關語詞：

除了運用觀察力豐富描寫的人、事、物意象

外，接著可再尋找蒐羅跟撰寫主題相關的語詞，以剛剛的「玫瑰」為例，和「玫瑰」相關的有「愛情」、「危險」（玫瑰花上的刺）「吸引力」（獨特花香與樣貌）等。寫文遇到語詞瓶頸時，可從相似詞或相反詞開始聯想可以使用的語詞，避免重複撰寫的冗贅文字，同時讓主題更加鮮明。

三、語詞重組，寫出「有感覺」的文句：

當你把聯想的語詞重新組合後，試著用自己的語法寫出具有代表性的文句，這些文句將更具搶眼的吸引力，可再加入美化文字的修辭，產生對比反差的效果，讓人印象深刻。像是〈紅玫瑰與白玫瑰〉中的主角定位：「娶了紅玫瑰，久而久之，紅的變了牆上的一抹蚊子血，白的還是床前明月光；娶了白玫瑰，白的便是衣服上沾的一粒飯黏子，紅的卻是心口上的硃砂痣。」（出自《紅玫瑰與白玫瑰》）

「聯想」是我們的藝術之眼，它賦予文字魔法，透過聯想技巧讓單調的文字畫面活靈活現了起來，在古今中外的文學作品中，許多膾炙人口的作品內容皆

難以脫離聯想技巧，古有《西遊記》的三藏取經打怪故事，現有《哈利波特》的魔法學院，如果在寫作時能加入聯想力，將可豐富文采，並變出多采多姿的文體，更重要的是作品將有全新的「視界」。

雪

「雪」讓你聯想到什麼呢？《世說新語》記載，在一個下雪的日子，謝安問子姪們，白雪紛紛好像什麼呢？謝朗答：「撒鹽空中差可擬」，才女謝道韞則說：「未若柳絮因風起」。「撒鹽空中」和「柳絮因風起」，你覺得哪個好呢？

聯想讓我的世界變得四通八達！

曾經

高雄市前金國中 國九 麥文馨

7th 聯合盃 作文大賽
優等創意
2013 決賽

曾經不過兩字，兩字何能道盡曾經？

道窄流遠，溪水涓涓，綿長且倉促的逝去，一如妳的匆匆來過。水清見底、波光激　，日光下潺潺的呢喃絮絮，一如妳的款吐悠然在心。亂石幾無稜角，淙流千萬年淘出的圓融沉穩地在溪畔聽水，恰若曩昔光影中，妳沉默地聽我滔滔，不絕。回憶不絕，流水不絕……。

天晴得令人生妒，伴隨山中水音的天籟，更加孳長怨懟。河道彎如妳的背脊，「駝」字太沉重，不如說是森蚺進駐吧！那遠眺攝影的遊人是我，緊抓著單眼相機不放，非要在大塊之中讀出老邁、衰弱的字句不可；非要在數年遞嬗中尋出老年的跫音不可。

我不服，不服歲月在妳身上刻鑿的浮雕，不服時空塵煙為妳披上的灰色思想，不服溪畔再生的碧綠。流水不返，何以青翠返老還童？時光不再，何以妳我漸行漸遠？

溯溪泛舟或可有所得，去探探流水的溫度，揣度歲月的冰冷。小舟輕乘，頃刻間數個彎道掠過眼前，我望見幾名攝影者，他們是否同我一般，正和思緒糾纏，急切地渴望解開時間和水的密碼？

我不信，不信牛頓的蘋果，地心引力必然只是騙人的誑語。誰說老年過後生命必得走下坡？

日裡浮思亂緒，妳的存在於流水中，取一瓢飲，透心涼，涼透心。夜裡我不求輕舟速度的刺激，放下相機，我來聽水。水中，必定有絃外之音……。

　　月光光，如同冰凍後的砒霜，拈一角便是劇毒，我不敢正視明月，只在水影裡，冥想妳的姿態，該是如嫦娥一般吧？水流的速度不減，圓融的石也在，我想銷毀日裡萌生的怨懟。

　　時間帶走了妳，流水卻不曾沖淡妳的氣味，將相機的記憶卡植入腦海，那些畫面……，雲絮是妳的衣角，飛濺而起的水花是妳的笑語，水湄綠意是妳的黛眉……。相片並未解開流光與流水的啞謎，我只攝下滿滿的妳。

　　他是無意邂逅的小溪，一如轉瞬和我擦肩而過的妳。尋黎花白，我只得墨香一行，恍如與妳共留餘味。流水悄然地為妳帶來一個小孫女，也躡手躡足地偷走她的外祖母，如月下那落葉，在水面，漣漪蕩漾……。

　　「她活在妳心中，只是得不到回應，這是一種信念、一種支柱。」聽水如禪。

　　回憶不再是沉淪的晚霞，今後將與妳一同旭日東升。

　　曾經不過兩字，兩字道盡曾經。

有這般的領悟，我便不需再以千言萬語道出對妳的思念，擁有過的「曾經」，便是最深刻的緬懷——回溯首段，更覺此句收束之妙。

總評：

作者鍛詞鍊句能力甚佳，能見勇於聯想、豐富文采的實驗精神；段落結構看似零散，但嘗試融合生命、時間、流水三者關係的企圖，在數問數答之間展現思辨邏輯。

立刻到 87 頁挑戰寫作任務 6 吧！

寫作
GPS

7

人生滋味 人際相會 社會透鏡 時空感知

坐火車的時候，你都看見什麼呢？

搭火車去旅行

「旅遊並不只是為了到達目的地，移動的過程就是一種享受。」最能體現此言涵義的，當屬火車旅行了！不必擔心路況不熟、車陣壅塞等問題，有固定的路線、固定的時刻，票價又相對便宜，搭火車旅行，輕輕鬆鬆地就可以準備出發。

古希臘哲人梭倫曾說：「旅行的目的是『看』。看，就意味著增進對其他民族、文化和地方的了解與評價。」藉由「看」，可以幫助我們捕捉許多的寫作素材。而火車旅行的過程中，究竟有何可「看」呢？

一、看景：假使只在意目的地，而忽略搭火車時的沿途景象，是十分可惜的！在火車上，沿途的風光像畫卷一樣不斷地展開，或醜陋或絕美，其實都能成為很好的寫作素材。

例：喜歡在春夏之交，看那車窗外一片綠油油的稻田，讓人感到生氣盎然；若是在清晨，或是微雨後，稻尖上帶著的滴滴水珠，在陽光的照耀下，晶瑩耀眼，反射著動人的光芒……。但隨著耕種產業凋零，與政府鼓勵休耕政策，這迷人之景勢必逐漸消逝。

二、看物：用心觀察每一件看似簡單與平凡的物品，都可能帶給我們不一樣的觸發喔。

例：小時候長途旅行時，最期待父母對著走道上推來餐車的小姐舉手，或在短暫靠站時走下月臺，買給我們一人一個鐵路便當。在飢腸轆轆時，接下微溫的便當，扒著一口口那因冷卻而掛有水珠的飯粒、滷排骨、醬菜和滷蛋，滋味真是妙不可言啊！直至今日，只要有機會搭長途火

車，我就會買個火車便當來吃。雖然裡頭裝的不是山珍海味，口味也不上不下，卻摻有絕佳佐味料，那就是「回憶」！

三、看人：其實，旅途中總會遇見各式各樣的人，從他人身上，我們可以學到不同的價值觀或生活觀，開拓生命的視野。

例：一張 255 元的火車票，我先付了三張百元鈔，接著告訴售票員：「等等，我有 5 元。」售票員俐落地在窗口放上車票和一枚金黃的硬幣，但我的 5 元卻還卡在零錢包角落，一番工夫後才被我挖了出來。我訕訕地遞上 5 元，這位售票員不但沒有一絲不耐，還笑瞇瞇地說：「其實找不到也沒關係，這 5 元我幫你吸收！」我跟著會心一笑，心裡默默敬羨著，因為他能在那看似無聊的工作中找到樂趣，也快慰了旅人們！

四、看事：只要有人的地方，隨時都可能發生新鮮事，也可能帶給人莫大的感悟。

例：擁擠的車廂內，我看見一位有座票的年輕人主動讓位給一位無座票的孕婦。在這返鄉時節的東部幹線，有座票通常得來不易，那位年輕人八成也是熬夜上網才搶到票的。他對一位素昧平生的人付出愛心，孕婦也連連稱謝，眼神充滿感激，這幅畫面讓冰冷的寒日瞬間暖了起來。

領略了以上火車旅行中可「看」的寫作素材後，你是不是覺得躍躍欲試，也想來場火車旅行呢？無論短程或長途，抑或不設定任何目的地，都請帶著你敏銳的眼光，去「看」！

小小旅行

其實不只是火車，平時任何的搭乘經驗（客運、捷運等等），都是一場小小旅行。帶著你敏銳的眼光去看，寫下你的體驗之旅吧！

仔細一看，有好多東西可以寫啊！

這件事比讀書更重要

台中市大雅國中 國九 卓朕煒

8th 聯合盃 作文大賽
首獎
2014 初賽

以名言佳句佐證論點
——旅行的重要

聖奧古斯丁曾說:「這個世界是一本大書,不旅行的人只讀了一頁。」的確,從古至今,人們總將讀書、功名、利祿置於首位,汲汲營營地求取;但人生並不只是讀書這單單元素所拼湊而成的,有更多更多的體驗來自生活歷練。我闔上書,窗外的彩蝶翩翩起舞,我知道牠們即將動身、即將起飛,我也將跟隨牠們,去完成比讀書更重要的事——旅行。

承接上段蝴蝶的意象
並自然引出下文的過
渡句。

於是,我展翅。

敘述旅行的原因與行
前準備。

去年寒假,國文老師突發奇想,帶著班上四個對文學有興趣的同學,開啟了一趟文學環島之旅。出發前,我們聯絡了現今臺灣有名的作家,希望透過訪談,尋找心中文學的本質與定義。最後,邀約到了吳晟、陳黎、李家同、路寒袖四位文人詩人們,對於中學生而言,或許這輩子從來沒有想過會和課本上的作者們面對面,作夢也會偷笑啊!同時,我們也確定了一些文學館開館、休館的時間、住宿、車票、美食,等一切準備就緒——出發!

寫出旅行與友誼之關
聯。

隨著火車在鐵軌上規律的震動,似乎特別能呼應旅人心中蕩漾的頻率。猶記第一日晚間,我們五人拖著沉甸甸的行李箱,好不容易趕上最後一班往高雄的區間車,已經很晚了,儘管高雄市還是保持著一貫的熱情洋溢,但我卻毫無雅致欣賞。五個人悶不吭聲,但卻都悄悄的互相駝重、互相打氣,腳傳來陣陣「痠」意,但卻無法抹滅那種「患難見真情」的喜悅。英國詩人布萊克曾言:「鳥需巢,蛛需網,人需友情。」旅行,確確實實是鞏固友誼的一帖良藥。

幾天下來,我們也面對了四個不同的作家,幻化

了四種不同空間。在吳晟老師身上，我瞧見一種鄉土的柔情，樸實化作一種綠，怎可以美得如此令人心醉，不是俗氣，而是對土地草木的深深關懷，與一種「真」的表現；在陳黎老師身上，我看見一種對生活滄桑的幽默，成了豁達坦然，不拘小節，如同與老友重逢，親切又不失端莊；李家同教授更是不用說了！文學與理學的交織，譜出一首極其震撼的交響曲！而路寒袖老師則顯現出一絲絲父愛，溫情，典雅，氣質或許就是作為一個詩人的魅力所在。

我想，旅行遠遠比讀書還來得重要，它使我開始察覺自己多麼幸福，使我更加珍惜友情；它也開始挖掘我的心靈，往深處探索人生的哲理，找尋處事的方式。這些實際的體認大大超過書上短短幾行文字。或許人生本就是一場旅行，我們讀書，只是為了讓旅途更加的順暢無阻。望著窗外竹葉的縱向凹槽停著一隻蝶，我明瞭牠即將展翅，即將高飛，豔紅的翅在陽光下閃閃發光，似一匹金色的飛馬。

我仍堅持旅行的重要。

立刻到 87 頁挑戰寫作任務 7 吧！

勾勒出四位作家的形象，文學之旅在此終獲開展，如能多加著墨所思所得，更能見此段過程對己之影響。

總結前文所言並呼應了主題，且以展翅蝴蝶、金翼飛馬比喻自己在這段過程的蛻變——書中文字自是無法取代旅行的重要性。

總評：

一趟文學環島之旅；一段生命蛻變之喜，作者以敏銳的眼光將經歷的這些人、那些事「看」了個仔細

人生展翅，當是破繭的蝶，亦如一匹金色的飛馬——從此再無「唯有讀書高」的桎梏！

人生滋味

人際相會

社會透鏡

時空感知

寫作GPS 8

寫了很多，卻讓人抓不到重點？注意這囉！

材料的裁剪

清代古文學家劉大櫆在《論文偶記》中主張「文貴簡。凡文筆老則簡，意真則簡，辭切則簡，理當則簡，味淡則簡，氣蘊則簡，品貴則簡，神遠而含藏不盡則簡，故簡為文章盡境。」開始構思文章時，腦海中思緒紛陳，如果將所有的資料和想法都寫在文章裡，會使文章太長，也造成讀者的困擾。因此，適當裁剪材料是必須的。

關於剪裁，有一則著名的故事：歐陽修有一天和同事出遊，碰到一隻狗被不受控制的馬踏死在馬路上，幾個同事分別寫下了「有犬臥於通衢，逸馬蹄而殺之」、「有馬逸於街衢，臥犬遭之而斃」。歐陽修看了後說，如果讓你們編修史書，不知道要幾萬卷才能寫完。之後說出自己的寫法，「逸馬殺犬於道。」果然文字精簡而事理皆備。

另一位善於裁剪材料的名家，則是西漢歷史學家司馬遷。司馬遷寫作《史記》時，並不會將搜集到的資料全部抄進《史記》中，而是能對資料作取捨以突出事理的重點，例如：

九州攸同，四隩既宅。九山刊旅，九川滌源，九澤既陂，四海會同。六府孔修，庶土交正，底慎財賦，咸則三壤成賦。中邦錫土、姓，祗台德先，不距朕行。五百里甸服：百里賦納總，二百里納銍，三百里納秸服，四百里粟，五百里米。……禹錫玄圭，告厥成功。（出自《尚書·禹貢》）

司馬遷的《史記》，將原文中繁複的細項，一一刪除，只留下最重要的資訊。

披九山，通九澤，決九河，定九州，各以其職來貢，不失厥宜。方五千里，至於荒服。（出自《史記·五帝本紀》）

比較上下兩篇文章，司馬遷省略了大禹制定的各種地名標準、稅務等則及應盡的義務，將兩百一十七字濃縮提煉成三十八個字。此篇文章中最重要的是表彰大禹的功績，頌揚大禹安邦定國，遠至蠻荒之地的歷史事件，因此將事實與結果寫出即可，其中的各種施行細則省略之後，並不影響傳達此一歷史事件的內容。這樣對材料的刪除，是合乎史學邏輯並且增加文學閱讀性的手段。

《文心雕龍·鎔裁》：「權衡損益，斟酌濃淡。芟繁剪穢，弛於負擔。」這幾個字簡單扼要的說明了對於材料裁剪的重要性。想寫成一篇好文章，並不是把資料、想法全部羅列出來就好。那麼該如何做，才能避免流水帳式的文章缺點呢？首先要根據內容來確定想要書寫的主題，其次選擇與內容相關的各種資料、文字突出重點。能夠安排詞彙來配合主題，把必要的東西寫上去而把不必要的刪除，力求文字的準確性和可讀性，增加寫作的細膩度，這樣才會是一篇好的文章。

六字微小說

你聽過六字微小說嗎？據說是受海明威啟發的。某日，海明威與朋友吃午飯時，他與每人打賭十元，說他可以用六個字寫一個故事，結果他勝利收錢。他寫："For sale: baby shoes, never worn." 你覺得這故事在說什麼呢？

再問自己一次：「我想表達什麼？」

寤寐之間

基隆市建德國中 國九 紀泰永

8th 聯合盃 作文大賽
優等感動
2014 決賽

藉由習以為常的聲響說明今日心境迥異於平常的主因——不論睡夢中或清醒時，無時無刻不想「她」。「她」是誰？在此未說明，激起讀者往下閱讀的慾望。

　　教室內的朗朗讀書聲，中庭內的颯颯落葉聲，窗外的滴滴答答聲，都是令我平常能享受上課的聲響，但今天有點不同，破壞了這和諧，令人浸淫的氣氛蕩然無存。這原因不必思考，因為昨天我在寤寐之間都想著她。

　　今天她轉學到日本了。

　　近日來她失去了那笑逐顏開，失去了那朝氣蓬勃，失去了那吹彈可破的肌膚，那平時有著些許睥睨昂藏的神態皆轉瞬消逝，朋友們都問她怎麼了，但她卻用固定的話語敷衍過去。當我正苦心積慮地思考時，聽見了那失去重要事物時才有的聲響，心碎的聲音，她要轉學了。我聽不見任何聲音，只有那句話在我腦中徘徊。我跑了出去。

一切改變乃因好友即將轉學，四周各種聲響環繞，但作者只聽見「心碎的聲音」，突顯「好友轉學」的衝擊使作者的世界轉瞬黑白。

　　某作家説：「人們會用盡一切手段保護自己重要的人、事、物，僅管只是維持那冰冷的狀態。沒有擁有，便不會有失去，但人們都不懂這道理，連我也是。」這句話著實正確，無庸置疑。問題是我已經沒辦法保護，我的心中已有了她，而我即將失去那緣份……。這時候，她坐到我身旁，大剌剌的像個男生，她臉上的笑容在夕陽餘輝下更顯光亮，我開始體會到什麼叫做「失去」。一個失去，卻是一個獲得。

第五段作者對於好友搬家的原因僅以「她失去父親」交代，乃因此非作者欲深究之重點。

　　她輕拍我的肩膀，説起那人生哲理。她説她失去了父親，才舉家搬至日本，她失去了父親，也即將失去同窗兩年的同學，但她沒有權利哭泣，因為時間的洪流因而暫緩，所以她轉了個想法，説她還有好幾天可以相處，還有過往的回憶，到了日本有更開闊的世界等待著。語畢，兩頰的淚不斷落下。我告訴我自己，

也告訴她，一個失去，卻是一個獲得，為什麼呢？

　　或許現在失去了彼此的關係，但隨著她離去，彼此之間又會有新的關係，是更熱絡，抑或冷淡。若為冷淡，就是更多的時間沉澱彼此，也可韜光養晦，也可挖掘新的事物，但倘若不斷陷入「失去」的這個黑洞，將連獲得的機會都沒有，而現在的我這麼說，但哪天見異思遷，又會有新的想法，一來一往，內心變得強韌，意志變得堅定，視野變得豐富，這就是人生！失去是獲得的試金石，付出代價才有收穫，古今中外都是相同的。她起了身，緊緊抱住我，我的視野開始模糊。

　　今天的中午豔陽高照，但依舊下著小雨，但冬天的日本卻下著雪，我又醒來了，我漸漸失去了午休時光，但我不擔心失眠，我的心中溫暖正洋溢著，空氣中還有她的淡淡髮香，失去了她的位置顯得冷清，但相反的，她的新教室則會更加熱鬧。

相伴「失去」而來的得失利弊具探討意義，固此著墨甚多，寫作材料剪裁適切合宜。

將心中的難捨轉化為對好友的懷想祝福，在這流轉的情感中，使讀者感受到通過「失去」試驗所精煉凝析出的真摯友情。

總評：

作者在不捨情感滿溢之際，尚能有條不紊地闡述面對「失去」的轉念，敘事文簡意足、情感收放有節，也將「失去」帶離消極意涵，引領讀者進行不同角度的思考、審視。

立刻到 87 頁挑戰寫作任務 8 吧！

人生滋味

人際相會

社會透鏡

時空感知

想成為以字傳情的文字高手？

富有感情卻不濫情

在文章中描繪出情感，使讀者體會到作者所刻劃的情境，能使人更進入文章中。許多同學認為抒情文的寫法，就是加入許多的修辭技巧，或是不斷的添加過多華豔的詞彙，認為這樣容易令文章感人肺腑，使讀者熱淚盈眶。但「為賦新詞強說愁」的作品，文辭繁雜且空泛失真，這樣的文章讀來情感虛偽不實。文章所表達的情緒應是貼近人心，讀來才能深刻動人。不需要過多的文字或修辭來裝飾文章，只要在原本的事件上添加幾個字，就能使文章富有感情卻不濫情。

楚威王聞莊周賢，使使厚幣迎之，許以為相。莊周笑謂楚使者曰：「千金，重利；卿相，尊位也。……子亟去，無汙我。我寧遊戲汙瀆之中自快，無為有國者所羈，終身不仕，以快吾志焉。」（出自《史記‧老子韓非列傳》）

這一段話的原文出自《莊子‧列御寇》：

或聘於莊子，莊子應其使曰：「子見夫犧牛乎？衣以文繡，食以芻菽，及其牽而入於大廟，雖欲為孤犢，其可得乎！」

比較前後兩文，《史記》情感豐沛，莊子那種笑看人生的豁達態度如在眼前，而《莊子》所記就只是一件事情的經過。《史記》是如何使文章富有情感呢？其實觀察上下兩文，《史記》只是多了「笑謂、自快、以快」。這「笑、快」兩個字豐富了整段話語，以這兩字將臉上的表情、說話的情緒、心理的狀態表露出來。我們在寫作時，常常只是記錄了一件事情發生的原因、經過以及結局，這樣的寫作方法只能使讀者知道一件

事，卻不能使讀者感受到作者當時的心理狀態、情緒表現。因此在寫作時，運用臉部表情的描寫、說話態度的表達、心靈情緒的顯露等等。使用文字或語句將情感描繪出來，使讀者可以接受到作者寫作時所想要讓讀者接受到的情緒。

「豫讓遁逃山中，曰：「嗟乎！士為知己者死，女為說己者容。今智伯知我，我必為報讎而死，以報智伯，則吾魂魄不愧矣。」（出自《史記·刺客列傳》）

《戰國策·趙策》也有同樣的記載，但是僅有八個字「吾其報智伯之讎矣。」比較上下兩文，《戰國策》依照事實，記載了一樁事件。但《史記》記錄豫讓說的三十七字則加入了情感的想像，沒有特殊的修辭，沒有華麗的文字，但豫讓的悲憤之情，躍然紙上。太史公起始兩句，運用整齊的對句「士為知己者死，女為說己者容。」說出了主角的出發點，因為別人對他的好，主角不惜以死相報。用最珍貴的生命去回應，去報答一位最重要的人，這樣的說法使人動容。最末一句「則吾魂魄不愧矣。」在前面鋪陳的高潮中，留下了一絲嘆息。能撼動人心的文句不在能創造無數的高峰，而是在峰迴路轉處留給人一抹空白，讓人能低回，能品味，才是好的句子。

寫作文章時，從自身的體驗出發，運用文字描述出事件發生時的各種情緒，使讀者能藉由文字，感同身受，體會到事件發生時的情感，就會是一篇好的文章。

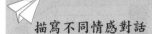

描寫不同情感對話

試著為上面的對話添加文字，描寫至少三種不同情緒的對話。

那可要慎選字詞了！

收藏

宜蘭縣復興國中 國七 楊天玉

佳作觀摩

藉由五結芒花穗及溪河等象徵童年的景物，讓我們感受到童年回憶流淌於時間中的溫暖綿長，含蓄委婉的情感漫流字裡行間。

二至五段，將回憶畫面轉至蘭陽溪畔、宜蘭河邊，此時所有美景皆淪為配角，作者和好友的歡愉笑靨才是焦點；離愁別緒在歡聲笑語中默默醞釀發酵，然而作者不刻意強調懷戀不捨之情，乃是於回憶敘述、景物書寫中自然流露。

有一種溫度，在心頭綻放出了暖意的花，灰白紅褐的花穗，結出了我們共同的記憶；也許是溪河的流逐，那段回憶更帶點青草和雨味，在時間裡默默的徜徉著。

時間紅了花穗、綠了枝頭新妝、也在成熟的升學階段裡溫柔的保留些獨白。是個被祝福的暖冬吧！我們來到蘭陽溪的洗脫懷抱之中，溫溫的微笑有點害羞，誰也無法臆測到隔了這個童稚卻融入回不去的鳳凰花畢業時。

喜歡嬉笑打鬧的稚氣行為，常惹得彼此發笑；我們互相微笑追逐了好遠，似乎到了堤防的盡頭，聽到堤防旁的六結軍營在歌詠著某種我們都不理解的事物，我們再度相視而笑，笑著總有那天我們都會一起長大……。你要我聽河水的聲音，是種兩百年的滄桑吧！比起渺小的我們，溪水在山壑間分流、聚合，再各自擁著幻化莫測的大海；遠長綿延的一條人生路，是否我們也是如此？

一片清澈、碧空如洗，我真想和你分享最愛的一切，但你無語的默默望向天空，某份情感更加的濃厚，我在內心獨自醞釀著屬於我們的天空的一隅。

青草浪在帶點河水清味的風中搖曳著，你在那端的浪中和其他人玩耍著；而我在這頭安靜的凝望著。宜蘭河像一條承著小火車蜜糖、和宜蘭人歷史的美夢；輕輕的像個多愁的女孩踏著足尖踮起了灰藍色的心緒，倘若苦惱那窗前便是陰沉的雨天；或奔放的從山頭高聲大喊而過，推開每個人的心窗讓陽光暈開。這世界似乎模糊的只剩下我們，笑意的溫暖瞬間淹沒

了視線……。

時間的轉瞬令我來不及轉換雙眸，也許是害怕著視野所及，以後的我們會各自變得如何吧！在光陰的洪流中，我們仍保留著那份對彼此的感覺，只想記得雨後如洗的宜蘭河、你我都鍾情的五結芒；在回憶的片段中自顧自的播放著，你我的莞爾微笑……。

我想，那時我們都在尋找的，是對於這段旅程的開始吧！國中後的你和我，都有些稚氣未脫，我們都還回憶著那些點滴，但在同時也極力的證明自己；慢慢的褪去童年的彩衣，試著用全新的角度看待彼此。

隱約的彷彿可以聞到冰涼的河水味，但當年的小女孩和小男孩長大了，青春的丰采是屬於我們的樂章，流轉的樂音下的，是一份值得珍藏的童年；但另外的，它是不會褪色的一道彩虹，高掛在我們的心中……。

作者進一步將情感從耽溺於回憶的終點，昇華為展望未來的起點，使流連過往的感傷不致過於濃烈而成濫情，也提升了抒情層次。

以「冰涼的河水味」呼應首段，並收束情感、強調主題——繽紛蔵蘿的童年不僅值得珍藏，在心中更是舉足輕重、無可取代。

總評：

本文抒情意味濃厚，景物、回憶、情緒交融，感情豐沛飽滿卻不浮濫，讀來情感細緻、情韻悠悠。

立刻到 87 頁挑戰寫作任務 9 吧！

人生滋味

人際相會

社會透鏡

時空感知

寫作 GPS

10

結尾來點特別的！

總而言之，
這是很老套的說法

　　「鳳頭」、「豬肚」、「豹尾」是古人歸納出一篇好文章該有的結構，而這裡所說的「豹尾」指的是文章的的收尾要堅定有力，不可軟弱草率，隨意收尾。

　　要結束一篇文章，有很多種方式，最糟糕的是，時間不夠而草草結束。那種感覺就像吃了一頓美味的宴會佳餚後，最後端上的甜品卻稀爛難以下嚥，還會有誰記得前菜、主餐的美味呢？只會留下敗興的甜點作為回憶，甚至懷疑廚師的烹飪技巧。好廚師肯花心思製作一道精美的甜點，因為他知道那將是賓客留下的最後一個印象，通常也是最深刻的記憶點。特別是前面的菜色都令人滿意，這最後的考驗更不會掉以輕心！

　　寫作也是如此，文章作品，呈現出寫作者的性情，草率結尾的文章，會讓人感到寫作者虎頭蛇尾，無法獲得閱讀者青睞，更別提獲得好成績。而好的結尾，就像是精巧美味的甜品，令人印象深刻、回味無窮。所以，讓文章有著令人印象深刻的結尾，無疑是必要的！

　　為了歸納前文，很多人的文章結尾都以「總而言之」來總結全文，不是說不行，但當閱卷老師改了上千份作文、上百篇「總而言之」後，難免覺得乏善可陳，了無新意，這樣老套的說法，我們應該盡量避免。別忘了，要讓人印象深刻的結尾，絕非千篇一律的說詞，一定要有獨到的見解與陳述方式才能脫穎而出。

　　下面提供幾個結尾辦法，下回不妨運用於文章中，留給閱卷者耳目一新的感受吧！

一、呼應法： 結尾時呼應文章的開頭。將文章一開始所提出的主張，在結尾重申一次，前後連貫，加深讀者的印象。

二、引用法： 挑選符合文章內容的名人格言、嘉言錦句、成語，運用於文章結尾。他人的支持，無形增加了文章的說服力。

三、懸疑法： 在文章結尾使用問句（設問技巧），答案可能在問題反面，也可以不下評論，留給讀者自己判斷。

四、移位法： 將文章中提及的事物、未交代清楚的部分，於文章結尾進行說明，作為總結。

五、期望法： 在結尾寫出期勉，將內容導向樂觀的方向。別忘了「正面思考」，這是閱卷者期待在你身上看到的。

六、動機法： 將寫這篇文章的動機、選擇這個寫作材料的理由，於結尾加以說明，總結全文。

　　多數人都曉得如何寫好一篇文章，華麗的開場——「鳳頭」、曲折充實的正文——「豬肚」，從構思取材到下筆都用心良苦，可惜後勁不足，一心急著要完成文章，而忽略了「豹尾」的重要性，最後關頭處理不當，收尾虛弱無力而前功盡棄，實在可惜。好的文章結尾，不僅有畫龍點睛的效果，更能讓人回味無窮，有了鏗鏘有力的結尾，文章朝佳作更進一步囉！

> ✈ **戰地春夢結尾**
>
> 結尾有幾種寫法？當然沒有絕對的數字。海明威為他的小說《戰地春夢》重寫了好多次結尾，根據保存在美國波士頓甘迺迪圖書館的原稿，你猜總共有幾種結尾？答案是：47種。

結尾沒寫好，可就功虧一簣啦。

來自溪水的祝福

嘉義市民生國中 國九 吳亭儒

灰暗的天空訴說著悲涼的心情。淒冷的驟雨無情的滴落在荒蕪的草地上，我望著墓碑上的名字，固執的認為是雨水模糊了視線。陣陣寒風呼嘯而過，瑟瑟的蒼涼撩起了衣擺，深吸一口氣，您老邁卻真摯的笑容清晰燦爛，您笑著、笑著，漸漸和那潺潺流水合為一體……。

記憶中，外婆家坐落在半山腰，大屋後方那片茂密終年蓊鬱的林子，一直被我視為神祕的象徵，我循著天然小徑探險著，尋到了那條河。看見它的第一眼，我目瞪口呆！河水時而輕輕拂過，時而放肆的沖刷，一路將河岸上的泥沙帶往下游，帶往未知的遠方。遠處的天空彷彿正轟隆地響，交織成一幅宏偉懾人的圖畫。那種美，是霸氣的美，既神祕又危險，獨自站在河岸上的我漸漸無法抗拒溪水的誘人，緩緩向前移動，伸出手渴望碰觸那湍急流水……。「該回去了！」迅速轉身一看，是外婆，她默默牽起我的手，帶我回家。也就在此時，天空飄落了毛毛細雨。

但從那一次開始，您，我的外婆，便常常帶我到溪旁，您告訴我許多溪水的故事，陪伴我奔馳在幻想的長廊。從您的眼神中，我知道您是很愛很愛這條河的，但卻又對河有些敬畏，因為您從不讓我靠近它，我只能遠遠地、抗議地凝視。我和那條河間這始終無法跨越的距離，一直持續到您最後一次帶我到溪邊，而當天晚上，您就走了！走的好突然。我被父母迅速帶離鄉下，離開您，離開那條河，車窗外不斷向後飛逝的風景，每分每秒都在告別，像幻燈片般來不及對焦便閃過了眼簾，如流沙般細膩卻又不及從指縫間的

逃離，我何曾留住一點一滴。時歲匯聚成江，對外婆的思念和回憶漸漸淡了，更別提那條河了……。

但是現在，我回來了！就站在河邊。過去河岸旁翠綠的樹叢已被夷平，輾轉化成細沙，岸上建起了堤防，記憶中河的形象正被毫不容情的時間啃蝕。霎時間，過去的種種浮上心頭，河，以及河岸上外婆爽朗的微笑。我哭，聲嘶力竭的哭，埋怨自己忘了河、忘了外婆，忘了這段感情的倩影。固執地爬上堤防，這一次沒有人阻止我了！往前，再往前，「刷！」一聲，手碰觸到了冰涼的溪水，突然，我好似聽到了陣陣耳語在風中細細呢喃，是外婆嗎？抬起頭，上游處，水花拍擊在溪中的石上，撞出回音，隨著溪水順流而下，和我仍放在溪中的手溝通交流，帶來了回憶，帶來了歡笑——那是來自溪水的祝福！

將手抽離靜靜起身，溪水捎來了外婆的祝福，彷彿她就在我身旁。我終於明白，外婆為什麼愛這條河了！

重遊舊地，記憶的輪廓漸漸明晰，當回憶滿是歡愉，那人、那笑、那溪水便在此交融成不言可喻的人生智慧與祝福，前文的十里迷霧在此處豁然開朗！

以「呼應法」連繫全文，收束有力，不落入「總而言之」的俗套，文章也因此更完整連貫！

總評：

溪水的神祕、危險正如成人世界的誘人、詭譎，端賴外婆的牽引與耳提面命，待自己清楚那輕柔、湍急與冰涼的箇中滋味後，便能明白溪水捎來的是——外婆的智慧與祝福。

立刻到 87 頁挑戰寫作任務 10 吧！

我欣賞這樣的同學

說明：有些同學見義勇為，喜愛打抱不平；有些同學知識淵博，為人卻是謙虛；有些同學氣質出眾，領袖群倫；有些同學幽默風趣，人緣特佳。那麼，你欣賞的同學是哪一類型的呢？為什麼？請根據你的經驗，寫下感受和想法。

一個難忘的背影

說明：朱自清在〈背影〉一文中，成功運用特寫鏡頭細寫父親為他買橘子的辛苦過程，父親攀爬月臺的背影凝聚了濃濃的父愛，讓人留下深刻的印象。除了表現親情的背影外，生活中還有許多令人深思的背影：清晨導護媽媽溫柔的背影使人心生溫暖；分手戀人轉身絕然離去的背影令人心碎。請你以「一個難忘的背影」為題，描寫這個讓你難以忘懷的背影，你難忘的原因，以及當時心裡的想法。

○○請聽我說

說明：在現實生活中，總有些話我們說不出口，只敢將它深藏心底。也許是生性害羞，不敢告白；也許是顧及顏面，不願道歉；也或許是充滿委屈，不敢聲張……。這些話雖然平日說不出口，可是卻在內心匯成一股聲音，如果有機會，也想將它訴說出來。請針對特定的對象，說出你內心的聲音，並將這些事件的原因、過程以及讓你說不出口的理由一一道來。

那一天，我有了好心情

說明：生活中處處有觸動，牽引著我們的心情：早餐店老闆娘微笑開啟美好的一天；進了教室同學開懷的問候聲也讓人心情愉快……。有時一些細微的感受，就會帶來一天的好心情，或者改變了你原本不愉快的心境。你是否也曾有過這樣的好心情，是因為何事？何人？還是一些突如其來的小驚喜？請描述當天的過程，並寫下自己的心情變化及想法。

吵架

說明：即使是和平主義者，也不免有與人吵架的經驗，在爭執的當下，氣氛場面鐵定不尋常，言語動作難保不會失控，造成的結果恐怕也是始料所未及！而往往要等到事過境遷，我們才能冷靜尋思爭執點的所在，考量有無轉圜的餘地、改變的可能。請回顧一次吵架的經驗，說出事件過程及事後的感想。

一場難忘的誤會

說明：生活中有著各種誤會的狀況。年輕人霸占博愛座，讓人生氣，事實上他是不良於行；好心讓座給懷孕的婦女，事實上她只是肥胖；熱心救助車禍病患，卻被誤會是肇事者。誤會，有時只是尷尬，有時卻會造成傷害。你曾經誤會過別人或是被別人誤會嗎？你是如何面對誤會？是置之不理，還是據理解釋、抗告？誤會澄清後，你又怎樣處置？請根據你的經驗，寫下感受和想法。

一張充滿〇〇的臉

說明：容貌除了是先天的賜予，還是心靈的反映，臉上肌肉紋路的牽動，呈現內心世界的所思所感，臉上每一道傷痕，也是外在行為造成的結果。臉會說故事，解開臉上寫著的密碼，就探得生命故事的真相。在你心目中印象深刻的是一張充滿什麼的臉？希望？愁苦？還是憤怒？請以「一張充滿〇〇的臉」為題，寫出你心中屬於那張臉的故事。

別踩我的紅線

說明：「你再摸我的頭，我就跟你翻臉。」哥哥最忌諱同學拍打他的光頭；「再不交作業，你就試試看。」一再偷懶不寫作的學生，讓老師情緒失控。是的，每個人都有他容忍的紅線，超過了這紅線，脾氣就會像火山爆發般，一發不可收拾。那麼，你的紅線是什麼呢？曾有人踩過你的紅線嗎？當時你的反應如何？最後如何處理？請根據你的經驗，寫下你的經驗、感受和想法。

邀請

說明：邀請，存著一種熱誠的期待。溜滑梯邀請每一顆童心享受風的速度；芒果冰邀請每一顆味蕾品嚐夏天的滋味。在花間獨酌，李白舉杯邀請明月共飲；在山中閒居，王維寫信邀請好友裴迪春來同遊。黃聲遠建築師在宜蘭的綠地走出自己的路，他認為：「建築是一生的邀請，永遠要本於善意，不放棄各種可能。」誰曾經邀請你？你曾經邀請誰？「邀請」的背後有什麼樣的故事或心情？請以「邀請」為題，書寫一篇首尾俱足的文章。

抱不平

說明：「警察先生：這是他開車時，搖下車窗丟出菸蒂的相片」、「我們排了那麼久，你怎麼可以插隊呢？」、「在牆上塗鴉的就是他」、「讓我們一起來抵制過期黑心食品」……。日常生活中，令人抱不平的事太多了，有人選擇「路見不平，拔刀相助」，但也有人默默承受、不發一語。你曾遇過令人「抱不平」的事嗎？你如何處理？是反抗到底、檢舉告發？還是忍氣吞聲、噤若寒蟬？請以你的經驗或見聞為例，寫下你對「抱不平」的觀察、看法或感受。

「情動於中，而形於言」，滿溢的情感發諸文字後，苦無更上層樓的引導嗎？
趕快登入 http://blog.u-writing.com/?page_id=5，眾多高手等著幫你打通任督二脈！

靜心時刻
讓心靈放鬆一下，在一筆一畫的著色過程中，釋放壓力、
喚醒創造力，與下個階段的學習，來場美麗的邂逅。

君子不鏡於水，而鏡於人。鏡於水，見面之容，鏡於人，則知吉
與凶。

～墨翟

社會透鏡

社會現象如萬花筒，觀察角度從何切入？意見想法如何論述？

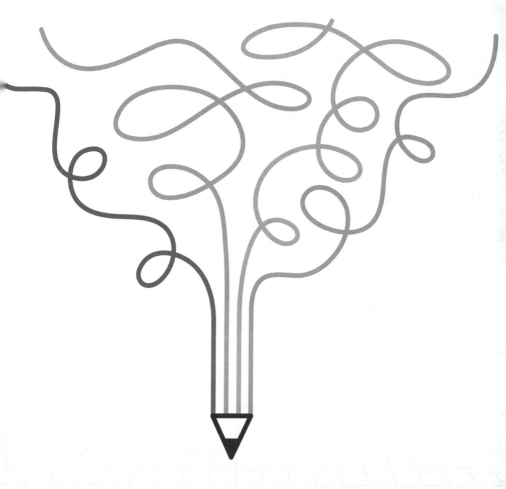

寫作 GPS

1

人生滋味

人際相會

社會透鏡

時空感知

歷屆試題告訴我們什麼呢？

鑑往以知來

　　概覽歷屆考題，可知生活中的人事景物、感受體會，無一不可入題，命題範圍之廣，在在考驗著同學們的臨場反應。倘若能於事前做好準備，必能於分秒必爭的考試中獲取事半功倍、如魚得水之效。

　　同學們可以準備一本筆記簿，將個人生活經驗中最「有感」的人事景物運用表格整理出來，想一想，哪些人影響過自己的生命，哪些事讓自己更加地成長，哪些景至今烙印於心，哪些物牽繫著一段難忘的回憶……；而這些人事景物又是如何觸動自己的心靈，啟發自己的心智。相信藉由書寫與整理，定能引領我們於記憶沙灘上拾得那一枚最耀眼不凡的彩貝。

　　此外，建立「死亡筆記本」也是一門很重要的功課。同學們不妨找出自己曾經慘遭滑鐵盧的作文試卷，並將題目與老師評語做一記錄，如此便能即時修正寫作盲點，若有幸在考場遇到相似題目，就知道該往何處突圍了！

　　2016 年學測作文題目是「我看歪腰郵筒」，以蘇迪勒颱風時暴紅的歪腰郵筒入題，要考生闡述看法、感想或評論。首屆的會考作文題目為「面對未來，我應該具備的能力」，題幹敘述面對瞬息萬變的社會，認為自己應具備的能力是什麼？要求考生寫出想法並說明理由。兩者都屬於「考驗論理能力的題目」，在行文時要能自抒其理並佐以例證，才易獲得高分。

　　分析以上兩作文題目，可知其皆希冀學生對社會現況、現象能有個人的觀察與見解，而會考

題目更是需要考生進一步省察自我，以提出因應之道。由此推斷，會考的命題範圍極有可能落在「社會觀察」及「自我省思」這兩部分。

在「社會觀察」的命題上，雖說國中會考的寫作測驗不曾像高中學測直接以時事入題，但關心社會動態，確實能為我們累積更多的寫作素材，讓文章言之有物而不脫離現實。

在「自我省思」的命題上，則有兩種趨向值得關注。一是較為常見的題型，如「一次深刻的教訓」、「當機會來臨時」，即是要考生以過往的生活經驗為取材，闡述自己獲得的體悟。二是像「我想改變」、「邁向和好之路」一類的題目，考生在寫作時，除了要有反思的自覺，更要有規劃的能力——能在省察自我後描繪出一幀具體行動的藍圖，說明自己將如何用可行的做法落實心中的想望。

總而言之，要做到無論題目如何變化，皆能握緊球棒擊出漂亮的全壘打，這才是我們的本事！

底層體驗

觀察社會可以透過親身體驗，也可以透過媒體。1998 年，專欄女作家芭芭拉‧艾倫瑞契（Barbara Ehrenreich）將近六十歲時，為了解底層勞工的生活，去從事如服務生、清潔工、售貨員等低薪長時工作，讓她對底層勞工的看法有了極大轉變，寫成《我在底層的生活》一書。我們也可以透過媒體認識遠方所發生的事，並培養自己的媒體素養與思辨能力。

關心社會又能反思論理，才夠酷！

災難過後

雲林縣斗南高中國中部 國九 林以娟

8th 聯合盃 作文大賽
首獎
2014 初賽

我永遠忘不了那場震驚台灣的災難。

和煦溫柔的燈光，香甜誘人的蛋糕，溢滿感恩的紙箋，今天是一年一度的父親節。我愉悅地打開電視，任由期盼的空氣分子鼓動喧鬧，碎了一地的螢幕冷光，霎地——好銳利的恐懼緊攫我心……。

撒旦的樂曲正張狂響起，在那天的高雄夜空。揉盡濃稠化學藥劑的氧氣是最盡責的舞者，踩著時而輕靈時而沉遲的腳步搖頭晃腦；焦急的消防車聲與撕心裂肺的悲愴嘶吼卻諷刺地，被巧妙當作最生動精闢的旋律；不知何時會再次氣爆的管線，彷彿是個由死神護送，沾染鮮血、最惡劣的驚喜盒！好像有塊偌大的石頭壓上胸腔，深深的沉痛如斯散溢，抿至發白的嘴唇已無一絲過節的喜慶了……。

當電視上的眼睛全都閉起，當我的瞳眸盡皆開啟，我不禁隨著晚風而思緒盪漾；除了悼念流淚，台灣能做什麼？柏拉圖：「挫折是人類的最高學府。」我們的制度是否過於鬆散？真的，是無法避免的災難嗎？時尚繁華的首都與蓬勃工業的港都之人民，都理應擁抱固若金湯的安全，不是嗎？

「預防勝於治療」，在燦爛港都的化學藥劑中，是否潛藏疏忽輕視的觀眾席？靈魂深處最血淋淋的哭嚎，是否埋著僥倖重利的暗絳幕帷？政治人物俯首屈下的腰桿，是否太過繁忙的公務操勞，來不及完成人民引頸期待的安樂盛世？才讓人們被迫觀賞撒旦精心策劃的鮮紅歌劇！災難，是一記響徹雲霄的警鐘，敲進氾濫輕鬆的社會現況，一落，當頭棒喝！預防與檢討的工作，刻不容緩！

一開始使用了倒敘法，讓時間回到2014 年 7 月 31 的高雄氣爆案，切中題目所述「災難」，並以電視上的爆破場景、驚心動魄的生死交接，刻劃出一幅慘絕人寰的悲愴圖像，運用了大量的「畫面感」讓讀者身歷其境，一場重大災難，如臨眼前。

第四、五段，作者呼應了題目「災難過後」，前面已經描述了災害的場景與撼動人心；這裡便聚焦於「過後」的心理建設與應對方法。於是，「預防與檢討」是災難過後要有的理性思維與徹底省思，若能先行預防、防患於未然，將勝過事後的彌補與治療。

　　思緒，如墨奔騰。停車聲已然竄入耳膜，剎地，腦袋彷彿核分裂般，轉念成新的原子：預防固然重要，但如果不善待身邊之人，盡情與之享受山水壯麗、生活逸趣，又有何用？我小心翼翼地捧起精緻可人的糕點，綻漾冬陽般燦爛溫潤的笑靨，奔向那抹白襯衫的背影。那亦是預防未來的反義詞——珍視當下。

　　我永遠忘不了那場震驚臺灣的災難過後，教會我的事。

最後，作者巧妙地將視角拉回到「當下」，也就是首段一開始描述的節日——「父親節」——也許災難給我們的啟示是不要沉湎於傷痛，過度擔憂與恐慌，而耽延了美好的時光。是以，珍視當下，給予家人一個真切的關懷與問候，才是災難過後帶給我們的省思道理。

總評：

這篇文章的主軸很明確，聚焦在兩個關鍵詞。第一是「災難」，第二是「過後」。「災難」描述的是高雄氣爆案；「過後」描繪的是事件過後的心理成長與感受。兩者有條理的安排在文中，次序井然，段落分明，描摹出生動的畫面感，展現平時深入的社會觀察，亦能反省災難之後的人心撫慰與體悟，從「情」到「理」的轉折，反映作者的自我省思與論理能力。

立刻到 130 頁挑戰寫作任務 1 吧！

人生滋味　人際相會　社會透鏡　時空感知

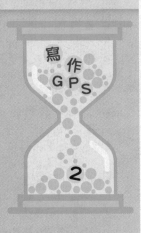

寫作 GPS 2

同一份材料，如何在不同的題目中運用？

名廚一魚多吃
寫手一料多用

　　名廚們可以做到一魚三吃、甚至是一魚八吃，至於米，名廚當然也可以用一種米，輕鬆做出多種不同米食料理！而面對寫作時，我們該如何巧妙運用手中的這些「米」烹煮出滋味不同的「佳作」呢？現在就讓我們一起來看看吧！

　　以宜蘭縣中道中學國二忠班學生作品為例：

　　那一次的嘗試／陳語如

首段	以舉例法破題：「我最大膽的一次嘗試——肇事逃逸。」
中間段	事件經過：首先描述：因緣巧合之下，搭公車時因零錢不夠，因而「一個僥倖的念頭萌發：在眾多遊客中，我應該是毫不起眼的吧！」
	接著以「短時細寫的技巧」詳細處理：「因零錢不夠而嘗試肇事逃逸！」「屏住呼吸、提起勇氣，我想我已無路可退。踏出第一步，我吞了吞口水，低頭乞求一切順利！踏出第二步，瞬間來到天堂與地獄的交界口！踏出第三步，我以迅雷不及掩耳的速度將零錢撒落箱中，試圖以零錢的聲音混淆司機的注意力，雙頰紅燙如太陽，嘴唇因畏懼而乾裂！
	『一、二、三！』三秒過了！太好了，沒有一絲聲響，我快步下車，羞愧的我忍不住回首探查情形，司機微笑地接收我的目光，並說：『沒關係！下次再補就好。』一聲轟雷巨響，我的臉又羞紅了。」

中間段	事件最後說明：「如果當時的我選擇坦白，而不是嘗試瞞天過海，結果會不會截然不同？那一次的嘗試，我竟然嘗試逃避、嘗試毀掉人與人之間的信任！是司機的微笑，讓我知道坦誠的可貴，更讓我知道以誠待人，才能換取更溫暖的微笑！」
末段	呼應題目、呼應首段舉例法破題，最後寫出感受與意義。

語如的「嘗試肇事逃逸一事」，也可以成為其它題目的材料，例如：

一、「我最想感謝的一個人」：我最想感謝的人是公車司機，是他將我從罪惡的深淵拉起、是他讓我感受到以誠待人，才能換取更溫暖的微笑！。

二、「那一刻，○○」：題目可訂為「那一刻，真糗」或「那一刻，我真大膽」。

三、「○○我想對你說」：「司機先生我想對您說」：嘗試毀掉人與人之間的信任，是我錯了！

　　只要把寫作重點和事件切入角度改變一下，可以使相同的寫作材料在不同的題目中有巧妙的變化。學會「緊扣題目，一料多用」的技巧，相信大家都能運用手中的這些「米」烹煮出滋味不同的「佳作」！

一段情節 99 種寫法

法國作家雷蒙·格諾（Raymond Queneau）在 1947 年出了一本奇書《風格練習》，他把一段簡單的情節，用 99 種不同切入角度、風格、體例改寫，包括隱喻、倒敘、電報體、頌歌體、廣告體、內心獨白、浮誇風，透過這樣的文學實驗，挑戰了文學的邊界和可能。試著改變寫作重點和切入角度，改寫「因零錢不夠而肇事逃逸」的情節，挑戰自己能寫幾種吧！

換個角度切入，我也是寫作名廚！

臺灣，我可以為你做的事

嘉義市民生國中 國九 江宛樺

8th 聯合盃作文大賽 首獎 2014 初賽

> 一開始即點題，並以設問法，提出「我能為臺灣做的事」是什麼呢？

　　食安問題接連爆發，政局明爭暗鬥永無停歇之日，庶民對於環境衛生也選擇置之不理。如此的社會，彷彿有無限亂象需要我們伸出援手，去做、去實踐，臺灣，這塊瑰麗的島，我能做些什麼？

> 拋出一連串的提問，但最終得到的觀點與解答是：「想法」。這是本文的關鍵，底下的論述，全由此展開。

　　環保？淨灘？資源回收？隨手撿垃圾？是不是只需將這些完成就好？不，現在實屬知識爆炸的時代，除了環境，還尚改善「想法」！

　　廖鴻基先生曾說，想要改變人的想法，最佳的方式便為以「書籍」的方式推動。身為應考生，的確，撥冗參與環境保護的時間太少，那我何不用知識補償呢？圖書館不外乎有許多的本土書籍，翻閱並認識，不再只是似被牽著鼻子走般，只按照指令去做。更應該清楚的，是思維，為何做？臺灣為什麼需要保護？土地為什麼會變如此？而人的想法與行動，衍發毀謗與廠商惡狀等，這些都該被理解。不是只能看著媒體而人云亦云，我要瞭解真正內幕，參考資料，進而統釋整理才對！

> 為了印證「想法」的必要與重要，作者提出「想法」必先由「閱讀」來，有了閱讀之後的增廣見聞、歷史經驗、思考沉澱、統整歸納，便能寫出文章，發表社論，以一己之力，慢慢改變社會。

　　瞭解之後，只能將想法納入腦中而不處置嗎？非也，如此便像將一桌山珍海味給吃下，卻不分享滋味了！曾聽師長說，我們都在建構式與填鴨式學習方法成長，然而卻因著如此，自我的想法只能憋在心底，受教育的薰陶使我們只為成績競逐。這豈不是像為臺灣付諸心力一樣嗎？缺失了自我想法，只隨別人所言去做事。沒錯！我們應有自我的意識去發揚，參考了書籍知曉了現狀後，我要將想法打成一篇篇發人深省的文章，投稿並使社會看見，甚至與三五好友集結想

法，如沈芯菱女士架設網路，將我們的方式讓大眾看見。

　　「原來不只有環境保育啊！」我引頸期盼的，是別人看了我的文章後會有這種感慨。自然，目前已極力守護，然而人為呢？確實還要書籍的陶冶與自我對此現象的觀察。網路上有這麼一個影片，那便是一位中國女性小小年紀對共產的想法，她也提及，以後都會輪到八、九十年代的人掌握權力，於是，我得知的，便是我們的想法並非不重要，不能只憑藉單一方式來替臺灣做事，更不行依恃目前大人有的知識來拯救臺灣。我要用知識化育大眾，使每個人都有自己的想法並實踐，做事不用跋山涉水才能得到效益，而是舉手之勞，將文章讓更多人看見，聚沙成高塔！

　　難如水中撈月的，是的，我只是不想再只看見同樣的方式去珍愛土地，每個生活在這土地的人都有義務與那項資格去把自己可以做的事盡力完成。孟子說過，世上有兩件事，一是困難無法做到的難事，二是簡單得像折枝條的事，讓大眾擁有可以付諸行動的事或許為前者，然而，我腦中縈繞不去的事：將所蒐集之資料統整並發表，這便屬後者了吧！

　　做與不做只是一線之隔、一念之間，臺灣，我能為你做的事，也僅僅將我的知識給善用罷了！

立刻到 130 頁挑戰寫作任務 2 吧！

最後提出自己對臺灣所做的事情，雖然力量與方式都與大人不同，但透過「想法」的呈現，慢慢扭轉既定的認知，改變社會的亂象，讓每個人都能冷靜思考與閱讀，或許，這樣的知識運用與傳遞，便如同漣漪震盪、蝴蝶效應般，可以影響臺灣的發展景貌。

總評：

各位有沒有注意到，文章所提到的幾個材料，都可以巧妙地運用到不同的題目裡，例如：

1. 廖鴻基說以書籍改變人的想法，可用於〈一本書的啟示〉。

2. 填鴨的教育讓我們缺乏獨立思考，可用於〈文化的力量〉。

3. 孟子的不為與不能之辨，便適用於〈學習與思考〉。

因此，「一魚多吃，一料多用」，可以讓我們妙筆生花，烹調出千變萬化、繽紛多彩的飲饌料理。

寫作
GPS

3

轟轟烈烈的生
離死別才值得
寫嗎？

人生滋味

人際相會

社會透鏡

時空感知

「生離死別」vs「生活小事」

　　2015 年國中會考作文的測驗題目是「捨不得」，在說明引導中，先以搬家、畢業情境，點出「捨不得」的內在感受，喚起念念不忘、珍惜眷戀之情；接著暗示「捨不得」可能形成的內在衝突，暗示人必須面對種種猶豫掙扎。因此在取材方面，只要是令自己無法捨棄或掙扎難抉的人、事、物、情感皆可為寫作素材。

　　閱卷老師發現，多數國中生常有取材大量雷同的現象。2015 年考生寫最多的是捨不得「親人死亡」，尤其寫「爺爺奶奶過世」特別多。有此現象可能是因大部分學生有個迷思，認為生離死別的故事較能吸引目光，因此很多同學寫捨不得爺爺奶奶死亡，期待獲得高分。

　　其實由說明引導中可知，取材與至親好友的生離死別並無不可。（其實，仍有不少考生以此取材而能充分發展，情真意切，獲得 6 級分，師大心測中心公布的十篇最優作品中，就有兩篇。）只是這些生離死別的材料若非親身經歷，寫來必定索然無味；相反地，只要是親身經驗，且能描述事件過程中的心境轉折、或是收穫、感受，就算取材生活小事都是絕佳作品！

　　例如「捨不得」一題，師大心測中心挑了兩篇寫得特別好的文章公布。

取材一、以「捨不得捐書」為材料：

　　乍聽之下，大部分學生會認為以這種生活小事為材料無法為文章加分，殊不知本文為滿級分佳作。

作者敘述年幼時在書籍中得到的快樂。事件轉折點是媽媽決定將書籍捐出，他便集中筆墨描寫今昔對比與捨不得之情。最後他以媽媽的開導，開始思考捨不得的情緒，結尾則陳述從不捨中釋懷，體會「有捨就有得」的道理。

因為詳述其心境轉折且論述有深度，得到閱卷委員的青睞！

取材二、以「捨不得冰箱」為材料：

考生生動描寫冰箱與自己日常生活的密切關連，以及其終被父母殘忍遺棄的不捨，並能透過擁有新冰箱後的心理轉變，進一步闡述「所不捨的是物的本質而非物品本身」的體悟，以凸顯文章主旨，因而獲得滿級分。

由上述可知，若取材看似轟轟烈烈的生離死別，卻只是平鋪直敘，就會流於平淡。相反地，雖取材生活小事卻能提及從事件中得到的體會或是心境上的改變，深入描述內心感受才能感動人心、引起共鳴。

寫作時，生命中的大小事件都可作為寫作素材，能扣題的材料，就可達一般水準；若能生動地描摹事件、畫面、表達更深刻的感受、或更進一步在材料中拓深理性思辨的空間，無論是「生離死別」抑或是「生活小事」都是絕佳的寫作材料。

瑪德蓮

你想過以「吃蛋糕」為寫作材料嗎？法國作家普魯斯特在其小說《追憶似水年華》第一章中，竟然花了整整四頁描述主角吃瑪德蓮蛋糕的動作和心理變化。但普魯斯特藉瑪德蓮的氣味喚醒主角的童年記憶，使全書正式展開回憶的旅程。「吃蛋糕」可是這部鉅作的關鍵要事呢！

原來小事也可以成為大作！

佳作觀摩

良心

新竹市曙光女中國中部 國九 陳品卉

端詳鏡中的自己，與腹部和側腰部突出的皮膚乾瞪眼——我不滿地掐了掐那塊所謂的「肥肉」，心情頓時糟了好幾倍，輕「嘖」了聲。瞥了眼雖然色香味俱全但明顯脂肪過剩的飯菜，我猶豫的心與罪惡感同時失蹤，毫無猶疑的按下馬桶的沖水按鈕。

日復一日，以早晨的營養果汁開頭中午多餘的白飯銜接，在夜幕低垂時以我所厭惡的芋頭茄子青椒海產做為句點……，持續多久了？我無法數算但定是超越千日；我將沖水聲的日常視為理所當然，並且是已開發國家的特權。

然而，這真的正確嗎？

過去我可以大聲而無知地辯駁，但自從我因作業需要而查詢了全球肥胖人口數字之後，我總要三思又嚥下無數次口水才能怯懦呢喃「我有資格這麼做」，甚至講出那幾字後我的心臟都要狠狠撕扯控訴我的違心之論。你一定見過一名傴僂孱弱的非洲小男孩在地上苟延殘喘、而一旁的禿鷹虎視眈眈地覬覦其死亡的照片，你也一定在好萊塢電影裡頭看見肥臃人們大口嚼食垃圾食物的片段——這都是現實的一隅，但為何相隔一介大西洋可使人們的生活差異如此令人匪夷所思？

但可恨的是我並不在乎。與大多數人相同，因為炎涼世態從未發生於我的周遭，因此我依舊是一如既往的挑嘴嫌惡推開眼前餐盤而後神不知鬼不覺的再度押下沖水鈕。我想譏笑辱罵指責這個只重視私慾的自己，在水的拍打撞擊聲中同時快感並輕鬆的自己；唯有於夢境中時才能有個良心戳刺我的胸口叫我羞愧，

以鏡中反射出的臃腫身軀作為開場，令人耳目一新，想一探究竟。作者善用感官描摹，從視覺的身形變化、觸覺的捏碰壓、聽覺的低語迴繞，再到心中的感受——「猶豫的心與罪惡感」。從感官描摹到心的感受，寫出了對食物的浪費以及內疚，並提出設問，意圖使讀者一同進入這「情境」中。

以攝影名作「飢餓的蘇丹」為例證，對比出貧富差距的懸殊。作者浪費食物的奢侈行徑，相較於東非人民的流離失所、飢餓貧困，用來強調「良心」的審視與道德的譴責。

此段埋下伏筆。描寫作者依然故我，浪費食物的行徑一如往昔，雖然在夜寐的夢境中飽受良心的譴

但隔早食夢貘又再次將所有內疚情緒攪去吞噬碾碎。

　　縱使我真的在乎在飲食浪費上的貧富差距，那又如何？即便我對社會的貪婪現狀感到痛心疾首，我又能怎樣？別談什麼可笑的博愛精神先天下之憂而憂精神了，在眼紅名利的世人面前那比塵埃還更不值得珍惜──我這麼告訴自己。但同時我的感官出現了些不可思議的變化。

　　我只要聞到油炸食品的味道便噁心想吐，我在倒垃圾時會盯著殘留食物的容器許久許久；我不再喝五顏六色的調味飲料，我眼前的碗中若有剩餘的食物菜渣，我會毫不猶豫地將其舔舔乾淨再放入洗碗槽。

　　──我這是怎麼了呢？

總評

生活中的日常事物與微小事件，都是可資取材，加以延伸發揮的元素。若有周全思考的嚴謹態度，甚至能提煉出精密的道理。本文即從日常生活中的飲食（浪費食物）為切入點，反思當代社會的飲食文化與消費態度，扣緊「身體感官」、「良心論述」、「道德觀念」的交織對話，作者讓「良心」向善，於是原本的罪惡與慚疚，在此淨化，一切有了救贖。這含有哲思論辯的議題，是本文最精采處。

立刻到 130 頁挑戰寫作任務 3 吧！

責，但日常生活裡，仍然浪費食物，選擇與大多數人「同流合汙」，愧對良心，但身體感官卻不由自主地漸漸發生了變化。

作者由「良心」徹悟道理後，身體感官便自然而然聽從指令，愛惜資源，飲膳食物，節度有量。這裡其實轉化了孟子的一段經典論述：「從其大體為大人，從其小體為小人。」「大體」，就是「良心」更是一切感官的主宰，為主要；「小體」，指人類的感官，為次要。作者延伸這段經典意涵，開展出自己的「良心」、「良知」、「良能」後，「感官自然發生變化」，讓「心」呈顯出來，也成功地呼應了題目──「良心」。

人生滋味 人際相會 社會透鏡 時空感知

新聞播畢，你剛才看了什麼？

延伸新聞議題

論說文的寫作，大概是學生最常寫作的類型，但能夠將論說文寫得完整的人卻不多，因為論說文最重要的是言之有物、言之成理，而一般人在寫作論說文卻常常缺少這些要素，因為寫作論說文就像是堆積木一樣，如果沒有穩固的地基，上面的積木當然不穩。我們可以歸納幾個論說文最常見的缺點：第一是文章空泛、不知所云；第二是同一個論述不斷重覆；第三是段落鬆散、架構不清楚。

要修正這些缺點都必須透過閱讀，因為每篇文章，都有它的主旨，如果搞錯了重點，張冠李戴，就令人啼笑皆非了。當然，能夠快速的掌握文章所要表達的內容，需要的是對文字的敏感度以及邏輯，這些都能夠透過長期的閱讀來培養，而閱讀新聞正可以幫助我們達到這樣的目的。

一則新聞議題，大概可以有兩個思考面向，首先可以思考「這個新聞是不是有不同的切入點？」其次就是「如何延伸思考」。就這兩點，我們可以試著用數年之前「博士生去賣雞排」的新聞為例。

這則新聞披露後，社會上產生了兩種聲音：鼓勵或反對，鼓勵的一方覺得高學歷與職業不一定要有關係，而反對的一方認為浪費教育資源。這兩種聲音或許都有一些極端，兩者都在低門檻工作與高學歷之間認同與否的癥結上打轉，但是在這新聞議題中，新聞事件的主角在受訪時說，他後來學會的是「溝通」；換句話說，在鼓勵與反對的兩個切入點當中，在某一些特定的議題，我們應該要跳出非正即反、非黑即白的想法，尋

找其他可能的選項。

　　當然，這個議題我們也可以延伸思考，思考的部分當然與教育有關係。就我們所見臺灣的教育制度而言，大部分的家長或是學生本身都是學歷至上的，所以技職教育一直不太被重視，甚至造成了斷層。若是與學校或是教育制度等相關的題目，則可以試著從此點切入：

　　近來博士生賣雞排的新聞又造成許多討論，大部分還是高學歷該作什麼工作的辯證，然而只是正反意見人馬的各執一詞。古人常說：「萬般皆下品，唯有讀書高。」又說：「書中自有黃金屋，書中自有千鍾粟。」是不是學歷高就能夠輕易的找到好工作，能夠輕鬆的謀生？

　　然而對新聞主角而言，他回想自己的求學過程，雖然一路讀書都非常順遂，但他最缺乏的就是與人溝通，在學校當中，我們所學到的是什麼？學校就像是一個社會的縮影，不應該是用金錢去換取文憑，除了知識的獲取外，也是一個進入社會前的先修班。

　　當然可以加更多的討論，會完成一篇更完整的文章。綜上所言，我們可以從閱讀新聞當中得到觸發，冉分析一個新聞事件的不同切入點，再作延伸思考，這些都會成為你文章中豐富的寫作題材。

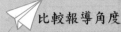

比較報導角度

不妨檢閱各家媒體對同一事件的報導，觀察其切入點的差異。選一則今天的新聞，試著分析各家媒體的切入點，條列在下面，並想想還有什麼不同的切入點，再作延伸思考。

看新聞就是自我訓練思考的好機會！

我對學運的看法

台南市民德國中 國九 葉田甜

9th 聯合盃 作文大賽
首獎
2015 初賽

首段點題，直接提出「論題」也就是要討論的題目，並試著為「學運」二字下定義。

　　法羅曼・羅蘭曾言：「人生是人類共用的一畝葡萄園，一起栽培、共同收穫、互助成長的地方。」爰此，人我之間因為交流溝通而構築了文明的世界，以向外拓展的奇思異想延伸成彼此之間的橋梁，互動修塑可能分歧的藍圖。人與人的交流是不可或缺的，人民與政府的交流亦是，而「學運」就是一種集結群眾，將真實之聲上傳政府的社會交流。

提出論點（1）：「學運是願意說出實話並有好的初衷」，以港、臺的代表人物為舉證，加以分析與補充，來證明文章的論點。

　　學運，看似激烈、火花四射，但也是一種能向權勢說真話的勇氣。西哲有云：「勇氣並非無權，而是克服自己的障礙。」參加學運的民眾，有老有少，他們勇敢的走上街頭為自己所期待的願景，希望改變現有社會的殘缺。香港學民思潮召集人、占中領袖黃之鋒因堅持反對洗腦不重思辨的國教，於是率領大眾一同向在上位者傳達求真知的心願，冀所有人能以真實的角度看見歷史。更加不一樣的公民老師——黃益中，不安棲於舒適圈中，以個人的激昂火花燃起大眾的熱情，為臺灣的弱勢族群燃出有希望光明的未來。我對學運的看法是：感謝那些願意說出實話的人們，為社會陰暗的錯誤不視而不見，或許也有過於激烈的時候，但好的初衷與毅力仍使人敬佩。

提出論點（2）：「學運需要有寬容之心」，並以突尼西亞的民間團體、前南非總統曼德拉，包容了不同身分、階級、種族、膚色的特徵，來說明「學運」也應具備這樣的寬容與胸襟。

　　學運，雖是為理想努力，但仍可能帶來傷害和諧的誤會與偏見。西諺云：「偏見是疾風，毀了繁花的至華與人間的溫馨。」不同的理想如是分岔的道路，向左向右的拐角沒有對錯，皆是一種選擇。我想可以確定的是所有異議的目的都是為了讓每個生命可以共存共榮、迎向希望。所以合作與接納的寬容便是不可失的大器美德。如突尼西亞四方對話集團為不同的政體提供了對話交流的平臺，盼人間不再有因意見不合

而起的戰火，此集團由四個民間組織共合而成，以合作、包容一同努力，在「茉莉花革命」中貢獻了「阿拉伯之春」，更獲諾貝爾獎殊榮。更如前南非總統曼德拉，不以酋長之子身分自傲，他廣納各個弱勢族群聲音，以知識的力量化解膚色的偏見，用真摯的呼喊震破階級的差距，用人民的力量解決政治無法解決的問題。學運，在異聲四起的衝突下需要以寬容之心互助互勵而非互潑冷水，如此，我們將有一個更美好的溫暖人間。

學運，是一種來自於理想初始的行動，不可被只為壯大聲勢而無實際行為之輩所左右。馬丁·路德曾言：「當我們對錯誤選擇沉默時，就是靈魂腐敗的開始。」勇敢的人克服了自己的害怕，為正義努力時，多少有想要興風作浪的人在一旁鼓吹惡念，使原本就激昂的群眾盲目流向錯誤的激烈抗爭，可能產生的暴動、武力壓制都是我們不樂見的。所以，身為寶島子民的我們更要擁有理智的心，在面對不公不義時沉著以對，選擇對所有人最好的方式來表達訴求，而非讓憤怒不安使心蒙晦。「向權勢說真話」的中國藝術家艾未未致力為民主思想傳播民聲，卻遭政府強拆工作室並祕密關押，如此遇劫卻遭囚卻不損他「自由意志即行動」的理想，而民眾更自動為他重建工作室，一同讓最永恆不變的大願不滅不熄。

我對學運的看法是：以良善的初衷堅持做對的事，但仍不忘溫和交流；以光明的理想向上大步前進，卻也不失包容異己之心；以明智的判斷選擇正面的下一步，為期大眾共存共榮。西諺：「明亮的理想燃起希望，照亮陰晦所在，使原本叢山荒涼地方繁花四綻，使心城不再冰結。」希望藉著學運帶來的正面力量，為社會臻萃、涵韻、蘊華，讓你我、社會之間能共創可以一同收穫的葡萄田。

提出論點 (3)：「學運是實踐初衷與理想」，並以中國藝術家艾未未為例，他不畏強權，傳播民主思想，實踐最初的理想與自由意志，說明了支撐「學運」的深層動因，乃在於「初始的理想」。

總評：

文章架構主要有「論題」、「論點」、「結論」三個方向。以「論題」來說，作者先對題目釋義，提出說解；以「論點」來說，歸納三個要點（初衷、包容、理想），分項論述，逐層分析；以「結論」來說，統合上面所提的三項要點，再次扣合題目，並用「葡萄園」的意象，貫串全文，綱舉目張，迴還呼應。

立刻到 130 頁挑戰寫作任務 4 吧！

別再陳腔濫調！

人生滋味

人際相會

社會透鏡

時空感知

什麼是有創意的文章？

寫作時要能寫出新意，才能吸引閱讀者的目光，但文章要怎麼寫才不會落入俗套，這是一個不容易回答的問題。

不論是會考、學測，或是任一項大型測驗，在寫作測驗上，都會提供其評分標準與樣卷，作為大家參考的依據，但不免就會受到大肆抨擊，是不是「矯情」就能拿高分，我想並不是如此，主要的原因在於這些文章都有著創意的特質，才能夠被閱卷老師們所喜愛。

什麼是創意文章的特質呢？即是具備想像力的表達，且體現出個人的學識涵養，並能從不同的角度思考，呈現出自我的省思。

一、具備想像力的表達

想像力是創造的基礎，它能豐沛文章創作的養分，也是吸引讀者的一個重要元素，同樣的一個題材，誰能夠先吸引住他人的目光，便有了一個成功的開始。在文句的表達上，運用想像力增添文字的風采，更是提升文章層次的重要關鍵。

「行道樹正在這雨中跳舞。」（102 年基測滿級分樣卷，出自「國中教育會考」網站 cap. ntnu.edu.tw）

「街道上狂風暴雨，連行道樹都被吹得搖搖晃晃。」

若將兩句相比，同樣描寫景物，前者添加了豐富的想像力，也讓文句更為精煉活潑，更具有意象。

二、體現個人豐富涵養

兩篇文章如果都主題明確、文句流暢，但一篇文章描述平實，一篇文章能融入所知所學，你是評分老師，你選哪一篇？我想答案不言而喻。文章如果只是個人的雜筆記述，就算情感再真摯，恐怕也缺乏讓人想一讀再讀的興趣，一篇好的文章要有內容，敘述才會深入，情感才會有依附的憑藉，而內容的呈現，就在於作者個人的涵養，這需要有日常生活與廣泛閱讀的歷練，才能表現出來。

三、能從不同角度思考

每一件事隨著觀點與角度的不同，便會有不同的詮釋，因此，我們要能運用質疑思維和發散思維。以懷疑和批判的精神，對現有的事物與道理進行檢視，跳脫既往固定的思考框架，這樣才能夠釐清問題的本質，並呈現出自我的價值，在面對如〈我看歪腰郵筒〉這類型的題目，也就不會驚慌失措了，或者落入所謂的「人云亦云」、「只有共性缺乏個性」的窘境。

四、呈現出自我的省思

寫作本來就是自我思想的傳遞與思考的表達，因此在寫作的過程中，如果只能平鋪直敘地描述，僅能達到一般文章的標準，未能讓人有更深層次的體悟，要是能跳脫文題與引導說明的局限，在寫作的內容中反思自我，獲得體會或成長，文章便能呈現出另一層次的內涵。

然而，有創意的文章雖然能獲致大家的喜愛，但寫作切忌「為創意而創意」，如果硬要在寫作時從冷僻、刁鑽的角度切入，以凸顯和他人的不同，運用大量修辭、典故，危害了文章原本的表達，這樣反而是「畫虎不成反類犬」，變得適得其反了！

創意泉源

被詩評家奚密譽為「當今中文詩界最能創新且令人驚喜的詩人之一」的陳黎，國中時喜歡閱讀武俠小說，寫作能力也跟著突飛猛進。令人驚訝的是，他還喜歡讀字典，反映他對文字的濃厚興趣和敏感度。喜歡音樂的他，連音樂課本都讀得津津有味，他的作品從內容到形式，明顯可見音樂的影響。後來翻譯拉丁美洲的詩人作品，也成為他取法的對象。擅長從自己有興趣的事物汲取養分，讓他的創意源源不絕！

玩創意，真有趣！

仙境背後

花蓮縣花崗國中 國八 劉亦慈

7th 聯合盃 作文大賽
優等創意
2013 決賽

映入眼簾的是一幅畫作，此段以相框中的圖像，作為延伸的起點與想像的開始。

二至四段，將畫面中的線索一一解析。先從河面的平緩，談到森林，乃至微風與落葉，再到個人的情感抒懷。並替這張照片取名為「仙境」。

承接上述的仙境描述，原來作者的身分乃攝影家，專供美麗的自然景象，以利出版。但卻意外道出，其實被刪落的更多照片背後，暗藏著不為人知的祕密。

　　時間連同美景被固定在那小小的取景窗。它搭配著簡短的文字，用與這樣叫人讚嘆的美麗相符的器度占據了整個版面，理所當然的。

　　河面是如此的寧靜，它並不如汪洋大澤那般深邃，卻自有著一番使人肅然起敬的氛圍：也許是因著那百萬年流動所孕育的歷史、也許是川流不息所象徵的生命力帶來的感動；河岸兩旁的蓊鬱明明該是位於畫面中央那河水的配角，卻因那份僅屬於森林才能擁有的神祕感而顯得出色。風輕輕吹撫著，驚動了原先垂首沉思的葉片，發出如此哀婉的嘆息，好似在自傷著時不我與的命運。

　　這張照片上頭，用第三十二號字體，打上了讓人無法不贊同的兩字作為給這番景象下的注解──「仙境」。

　　是的，我認同。原本就令人挪不開視線的美景又帶上了淡淡的霧氣，實在會讓人有著下一個瞬間，仙人就會自某處身著霓裳娉婷現身的夢幻揣測。

　　身為攝影家的我，多年來皆為這間雜誌社拍攝著這種相片，蒐羅這世界的美麗。每回交稿除了這景象外，我卻總不由自主的附上另張相片──並毫無懸念的被退回。

　　我認為看著登載於雜誌上的相片肯定不會讓讀者想到吧，在我背對這番景象後所見識的真實。

　　腳踩的土地崎嶇不平，甚至令人驚恐的還能發現一些寶特瓶隱約露出地面。即使最不具農學常識的人也會明白：這塊土地不會再有長出作物的機會了。

光禿的山壁像位搖搖欲墜的、年屆遲暮的老人，彷彿隨時會傾塌似的。

可是這番景象沒人想看，大眾寧願死盯著美好而拒絕正視真實。他們害怕面對由自己的雙手親自勒死的山河，那份罪惡感讓他們不願抬眼看見真正的天。

仙境背後是什麼？拆穿媒體所宣導後的實景是什麼？

我將這麼多年來被退回的第二張被評為「沒有市場」的相片收集起來。也許下本攝影集的名稱該取做——仙境背後。

原來，人們所習見的自然景觀與山水樂土，其實是被塑造與想像出來的，一幅美麗的山水樂園與自然仙境，其背後，更多的是人類對生存環境的斲傷，對宇宙自然的戕害。

總評

本文展現了高度創意。首先，它有「想像力的表達」，例如把圖像比擬成「仙境」。並有仙境中的活動描繪，如：「仙人就會自某處身著霓裳娉婷現身的夢幻揣測」，把仙人的現身與仙境的空間，相互交織，極具想像力的神思馳騁。第二，「豐富涵養」，例如自然生態的細緻觀察，媒體素養，都是個人品味。第三，「從不同角度思考」，美麗而魔幻，空靈而奇絕的自然山水，卻是「假象」。第四，「自我省思」，在鏡框之後，寫出身為攝影家看到的全幅景象與真相——人類所意圖呈現的都是美好而虛幻的假象，但逸出鏡框外，醜陋的真實與殘敗的荒涼，令人不忍也不捨。本文透過這四點，展現了獨到的見解與透徹的分析。

立刻到 130 頁挑戰寫作任務 5 吧！

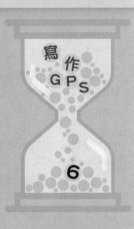

人生滋味　人際相會　社會透鏡　時空感知

你的描寫能讓人覺得如在眼前嗎？

寫「畫面」

　　散文的創作觀中有一個很重要的概念，就是著重字句經營與藝術美感的修辭技藝上，但是字句的經營，如果不談制式化的「修辭」，還有什麼方法可以幫助我們構設出典雅華麗、深遠意境的文字呢？此處即提出「畫面」一詞，或可提供一條嶄新的思路。

　　詩文如畫，文字要有畫面感，才能有動人景象與想像空間，那要如何寫出「畫面」呢？我們可以在簡單的句子中加上七個方向：①空間②顏色③線條④細節⑤背景⑥光影⑦寫意。此處先以陳列《永遠的山》來做說解，作家從山頂看到的雲海天色，氣勢磅礴，恍如宇宙洪荒，更像是一幅雲山潑墨畫，用畫面帶出精湛絕倫的文字描寫，用文字寫出畫面的深層意義，相互交織成絢麗多姿的文字風景。進一步地分析，可表示如下：

① 空間	宇宙天地
② 顏色	灰褐乳白、灰藍色
③ 線條	卷絲散髮
④ 細節	或淡或濃瞬息萬變
⑤ 背景	襯著灰藍色的天
⑥ 光影	東方冥冥
⑦ 寫意	天地以及我整個人

　　接著，我們讓學生觀摩梵谷的名畫〈星夜〉（荷蘭語：De sterrennacht，英語：The Starry Night），並運用這七個方向寫出蘊含情感、典雅瑰麗的文字，修改成較有美感與藝術的語句：

① 空間	梵谷的畫，是一首無聲詩，在一系列星空／夜的作品中，首先映入眼簾的是宇宙窮荒那無止盡的深沉夜晚。
② 顏色	靜謐黑夜中的星辰閃爍，發散著澄黃的光暈。
③ 線條	硬筆畫出的立體房舍、細筆雕繪出的迴旋雲彩。
④ 細節	夜空、雲彩、星星、月亮，都是迴旋狀的姿態。
⑤ 背景	底景是溫暖的憂鬱藍色，與星夜，彼此照映。
⑥ 光影	明亮與陰鬱，光與暗，激烈與頓挫。
⑦ 寫意	這個看似尋常的夜晚卻見證了梵谷內在最深沉、最熾烈的火紅靈魂。

畫面練習

練習從七個方向（空間、顏色、線條、細節、背景、光影、寫意），描寫你今天印象最深的一個畫面吧！

　　近來寫作趨勢著重在個人經驗的體會與闡發，但也強調字句的經營與畫面的開展，有了這七個創造「畫面」的書寫技巧，相信你一定可以在稿紙上畫出一幅典麗優雅的文字風景。

好想讓更多人看見我所看見的啊！

看見基隆廟口

基隆市二信中學 國九 于語馨

8th 聯合盃 作文大賽
首獎
2014 初賽

以基隆位居的海岸空間，為描述起點，從清晨寫到日暮，刻劃出時間的變化、光影的流動。對基隆廟口而言，一日之始，從日落起算。

進入基隆廟口，迎面而來的是有人情味的攤販，琳瑯滿目的美食，熱情的叫賣聲響，運用了感官描摹，從視覺的繽紛、聽覺的震耳、空氣中的溼氣所帶來的觸覺體驗等等，都使得基隆廟口的每條街景，有了生命力。

喧囂歡騰，繁華熱鬧過後，人們離開，徒留丟棄的垃圾與廢棄物，實際體察廟口的生活景象，才發覺基隆廟口反映了庶民的生命力與勞動階層為了生活的堅毅與辛勞，基隆廟口的美譽，來自每個為了家庭生計的群眾。

這樸實的小鎮，坐落在白浪花濺起的北海岸，削磨在強勁的風砂裡，靜靜用輪船的駛入與停泊，望著最蔚藍的港口，每每鳴笛，總呼喊著這座城市的朝氣。而名聞遐邇的基隆廟口，總伴隨著白晝的退去，逐漸亮起。

遠方的漁船在日暮時分，燃起賣命討海的燈火，這條街道，也在人群的湧入中，喧囂著，通明的兩側，一字排開的是包裹在地味道的傳統小吃，交錯其中的流動攤販，更溢滿不容錯過的好味道，吶喊，叫賣與遊客吵雜，攪和著溼氣，構成了基隆最獨特的風景，四起冉升的白煙，融合香氣，薰陶每顆享受美食的好心情，歌頌每句讚不絕口的言語，在溼潤的馬路上，被人群推擠前進，和幾個手忙腳亂卻熱情洋溢的店家聊上幾句，這廟口，用一個夜的黑，一條街的喧嚷，一座城的熱力，滿足每位饕客的心，建築屬於基隆，屬於廟口，屬於這角落的美好記憶。

黑暗中最光亮發達的幾條直線，在基隆的夜裡，排起一道微笑表情，作了最美的印記，但在一切退去，爐子冷卻後的廟口，是心酸的萌芽，與熬煮精華的疲倦。表面上的繁華美味，熱鬧光鮮，留下的是埋沒的一地垃圾，攤販清潔著地面，在閃著水光的柏油路，拾起每一個被拋下的遺留物，撿起客人享受完美味的不屑一顧，一旁的老太太，用那細瘦粗皺的雙手，使勁撐起一個鞏固家計的大傘，架著維持生活的鐵桿，她籌備的，不只是今晚的開店營業，更是酸人心尖的未來生活。照亮廟口燈火的，是一個個融化舒適，燃燒心力的小店，打響廟口名號的，是一句句撕

破喉嚨的叫賣聲，更是為了日子吶喊的渺小人心。

　　最熟悉的那個路口，依然亮起光明的燈，依然沉澱著一地的厭惡，伴隨著上頭的熱鬧，仔細一看，才會了解，那個用苦力與倦態拼湊的廟口，卻仍微笑著，那一幕，我看見了。

結尾不以悲情作結，回到光明的燈，照亮前方，運用映襯法，寫出廟口人家雖疲累與勞苦，卻仍用真誠純樸的笑容，迎接每個來到的旅人。

總評：

本文的寫法有兩個特色。第一，「畫面感」。文中運用了感官描摹（視、聽、嗅、味、觸）將廟口中的熱鬧場景，鋪展出一幅光影交錯、栩栩如生的動態圖。第二，「正反對照」。文中採用了正反對照的視角，凸顯出「基隆廟口」的兩個面向：「正面」是指它蓬勃的生命力，「反面」是指它在繁華背後的無奈與辛酸。藉由「畫面感」的營造與「正反對照」的論理，讓文章敘事清楚，寫景生動，情感綿密，說理深刻。

立刻到 131 頁挑戰寫作任務 6 吧！

寫作
GPS

7

將景物與情感結合，這可是高手的招式！

在景物中看見情感——古典詩歌中的情景交融

無論任何寫作的題目、素材、文體，大多會與「情」、「景」這兩個核心，有所聯繫。也就是說，當我們感受到外在的景象時，心中必然會產生紛雜的情感，正如《文心雕龍‧物色》：「物色之動，心亦搖焉。」「物色」指外在的風景，「心搖」指內心的顫動。寫作時，如何妥善地安排「景」、「情」，把外在的美麗景象與內心的深層感動，在文章中結合得天衣無縫、連貫得行雲如水呢？

古典詩歌中的「情／景」結構，正可以提供我們一個寫作技巧。

盛唐詩人李白，絕句高妙，無意於工而無不工者。也就是說，透過李白的絕句，我們可以領會到他如何在簡約凝練的字句中把空間畫面（景）與心靈感受（情），壓縮在三十個字以內。這將有助於我們理解古典詩歌中的「情景交融」，其〈贈汪倫〉，詩云：

李白乘舟將欲行，忽聞江上踏歌聲；
桃花潭水深千尺，不及汪倫贈我情。

李白曾遊涇縣桃花潭，村人汪倫常釀美酒招待李白。有天，李白即將離開桃花潭，便寫下這首詩送給汪倫，以誌兩人之情。在這首七絕中，情／景的連貫與出現，可表示如下：

景	情
舟筏	李白個人恣意的瀟灑情思
江波	友人踏步而來的送別歌聲
潭水	萍水相逢的知己深情

尤其值得注意的是，將兩人的知契深情，也就是摸不著、看不到的「感情」（虛），用潭水的深千尺（實），形象化、具象化的表達了出來。兩人的情感竟比潭水還深邃幽遠、還綿長不絕，同時也在詩中展現了「情景交融」的寫作技法。

有了以上的認知基礎，我們可以做個小練習：先觀賞莫內（1840-1926）的名畫——〈睡蓮・綠色的和諧〉——接著，將畫中的「景物」以及看完後的「情感」，用完整的句子表達出來，比如：

景物的排比羅列	情感的轉化抒發
拱橋有著一種令人嚮往的感覺，藍綠的色彩好像乘著一葉扁舟飄洋過海，睡蓮有著「出淤泥而不染」的精神，粉紫、淺粉、乳白、粉紅、紫藍、淺紫的睡蓮有一種君子的象徵；翠綠的垂柳象徵著他和日本夢離別的心情。	時光無法逆返，這些過去的歷史事物終將成為「幻覺」飛逝而去，但莫內筆下的睡蓮光影，卻透過他的紀錄，永久保存。

敏銳的創作者必能善用「情景交融」的寫作技法與藝術美學。當然，情或景的出現順序，並無特定的要求或限制；可以「先景後情」，也能「先情後景」，自然也可以同時「情景交融」。

只要你張開耳目，用心感受，就能「在景物中看見情感」，以動人的文字記載外在的世界景觀與人文風景。

白先勇〈樹猶如此〉

情景交融的手法在現代文中也很常見，作家白先勇在紀念其亡友王國祥的〈樹猶如此〉一文中，以義大利柏樹貫串全文。初始由二人合種的三株柏樹「抽發得傲視群倫」，及至其友因病逝世，中間的柏樹也無由的枯亡，作者再從庭院望去，「總看見園中西隅，剩下的那兩棵義大利柏樹中間，露出一塊楞楞的空白來，缺口當中，映著湛湛青空，悠悠白雲，那是一道女媧煉石也無法彌補的天裂」，以景結情，餘韻悠長。

情味似乎更深遠了！

土地、農作物與人

雲林縣建國國中 國九 蘇映甄

佳作觀摩

開頭描繪出如詩如畫的「景色」，一幅田園風光，栩栩展列。

藉由「以前」帶出記憶中的情感，頗有巧思。

這是整篇文章中的「轉折」，有機蔬菜、基因改造、有機農作，這些琳瑯滿目的「農作物」成了資本主義中的「商品」。「由農轉商」的用途，清楚的揭示了社會階層的流動與資本主義的剝削，委婉曲折，筆鋒銳利。

　　隔著一層薄薄雲絮，漾滿藍彩的天輕輕把大地安妥，被暖暖陽光擁抱的我啊，哼著輕鬆的小調，田埂間的泥濘水淖，被我輕快的足跡印下。閒適自在的晌午，我是快樂的小農夫。

　　田邊快樂得猖狂的咸豐草，就像我的笑容般綻放在一派寧靜的鄉野，前頭一個彎下腰檢視農作物的身影，被熱情陽光晒成黝黑臉龐，正透出無比滿足的神情，那是我奶奶，她拉起我的小手，面向一片豐饒的田野，開始低頭斂眉地低聲禱祝，我仰頭，看見的是皺紋堆疊出，藏不住的虔誠感激，風又吹起一陣稻浪，彷彿是在回應奶奶的感謝，而我，卻只是睜著骨碌碌轉動的雙眼，耳朵裡聽著奶奶說的：「咱的一切攏是土地給咱的，快感謝伊！」，便懵懵懂懂地跟著低語……。

　　這些，都是以前的事了。

　　如今，家裡囤的菜多半不是奶奶親手栽種的了，大多還不是從賣場冷藏櫃起出的，一包包乾淨整齊，上頭標籤貼得目不暇給的「有機蔬菜」？每每逛賣場時，走道旁琳瑯滿目的食品蔬果，看起來鮮豔欲滴，又碩大飽滿，在燈光照耀下令人饞嘴，但，那又是「基因改造」的產品，誰知道那是不是伊甸園的毒果，正以誘人的外表引千萬個亞當夏娃吞下？每包葉片翠綠，毫無蟲嚙咬痕跡的蔬菜，誰知道是不是因農藥之效，而看起來賣相十足？而強調「有機農作」的蔬果，卻如賣場裡的帝王般高高在上，又教民眾如何抉擇？我在滿是農作物的賣場裡，嗅不到一絲土地的味道，嗅不到一點樸實的溫暖，難道，小時候那樣誠心的話

語，竟無一人能駐足聆聽？

　　我又回到了鄉下。

　　已不是當年無知的女孩，但仍用相當童騃的想法來對待這片土地，奶奶說過，我們的一切是土地給的，我們用最虔誠的心來照顧這片土地，那麼土地，便會以營養的奶蜜來澆灌我們所播種的種子，使其茁長，成為養活我們的食糧。吹過田野千年的風，見證由鋤頭到機械，由笨拙到精緻，由千古到今的進步，然而人們在歲月裡遺落了對土地的尊重，在貪婪裡遺忘了思源的感恩，再不讓土地休養生息，不讓農作物循大地的節奏生長，看看現今許多令人心惶惶的食安問題，不就是人類咎由自取嗎？當土地、市場，需求量無法達成平衡，又該用怎樣的羞慚，面對從前熱愛土地的人們呢？

　　循著田疇，我在小徑上走著，每一步，都懷著對土地的依依眷戀；每一曲，都是為了大地所哼唱，別再為了這些問題爭得面紅耳赤，其實，只要聆聽土地的聲音，隨大地的氣息一起呼吸，秉著知足感恩的心，歡喜接受大地的禮物，如此一來，便不再有那些紛紛擾擾，只有土地和人民的豐收及快樂。

　　風來了，在我和土地的脣上，落下一個吻，那樣輕快甜蜜的，就像土地和我們，連綿不絕的美麗羈絆。

「農作物」的生成與收穫，得之於土地，取諸自然，人類更應該懷抱著虛心謙卑的襟懷，聆聽土地的吶喊，配合節令物候，休養生息。並由此延伸出近來的「食安問題」，巧妙地將「社會時事」帶入討論，從祖孫情、田野景，再到議論說理，層次井然，條理分明。

末二段作者重回當年的田野，在清風吹拂的小徑景色中，同時可見人對土地的深情眷戀，題目與結尾彼此呼應，開展出「人與地」之間的緊密互動與聯繫。

總評

文章以「倒敘法」開頭，引人入勝，回首往昔的田園生活與安居大地的美麗時光，帶出兩代親情、庶民思維、扎根土地、資本主義、人文關懷等多元議題。在田園景色中，加入個人情感，情景交融，相生相成，使讀者有深刻的感受與共鳴。

立刻到 131 頁挑戰寫作任務 7 吧！

你的「意思」變成「意象」了嗎？

說「意象」

集學者、作家於一身的優秀創作者周芬伶教授在《散文課》曾經提及：「一個作家一輩子都有一兩個主要意象，如余光中的『雨』與『地圖』；梵谷的『向日葵』；三毛的『沙漠』；席慕蓉的『荷花』或『花樹』。」這句話點出了「意象」對於作家風格展現的重要性，選取怎樣的「意象」不但決定了文章的美學品味，更能優化語句，亦是文章高下立判的關鍵勝處，於焉不察，失之大矣。

「意象」，簡明地說，可以分成兩大部分：「意」與「象」。

此處的「意」是一種抽象的概念，或說是人類幽微情感，它無法被具體掌握，看不著、摸不見，因此需要透過具體的「物象」來呈現，方能表達作者內心的細膩情思與曲折心意。也就是「以實寫虛」，透過「實」（象）來寫「虛」（意）。舉例來說，我們常講「思念」，其實「思念」是一種抽象的情感，我們無法探測其深廣、度量其輕重，因此古典詩人們常借實際的物象來表達，如「思君如流水」、「白髮三千丈」、「思君如滿月」，就是透過「流水」、「白髮」、「滿月」來寫心中那無以名狀的「抽象思念」。至於現代作家簡媜則說：

如果問我思念多重，不重的，像一座秋山的落葉。（出自簡媜《私房書》）

同樣表達抽象的思念，卻用堆疊的落葉來比擬，也就是使用了「落葉」（實）來表達「思念」（虛）的美感意境。現在，讓我們將視角放到寫作層面，觀察「意象」在行文中的開展，以

95 年學測作文題目〈雨季的故事〉為例，明顯以「雨」為主要物象，再拓展到「雨」的延伸意義，請考生講述有關雨季的故事。可分析如下：

象（實）	意（虛）
雨	心中的想念
雨天	鬱悶的心緒
梅雨	路上行人欲斷魂 （杜牧〈清明〉）
雨夜	一任階前點滴到天明 （蔣捷〈虞美人・聽雨〉）

「雨」是實際的天候變化，看得到、感觸得到，它可以是雨、雨天、梅雨、雨夜等詞組，但它更象徵著個人內心的「意」。因此，「雨」可以延伸成心中的想念甚至是流淌的眼淚；「雨天」可以是一個人鬱悶心境的象徵；「梅雨」則用來借代異鄉遊子的流浪；「雨夜」更可以延伸成為失眠的守夜人，數著雨滴，無法入睡。也就是說：

實際的下雨天（象）→作者的心境象徵（意）

在寫作時，我們先掌握要寫的「象」（以此處而言是「雨」），進一步地寫出雨的延伸意義，例如想念、鬱悶、斷魂、失眠；從「象」寫到「意」；從外在寫到內在；從感官寫到精神；一篇有關雨季的故事，便能意象鮮明，文質兼具。

當提筆寫作時，先掌握自己獨特的「意象」，就是高分要訣。國、高中生都不陌生的陶淵明的「桃花源」；李白的「酒」；杜甫的「詩史」；蘇軾的「明月幾時有」，這些都是經典意象。

那麼，你找到屬於自己的「意象」了嗎？

喜雨

雨的意象在古今中外有諸多不同的表現，有悲愁的苦雨，也有歡欣的喜雨，杜甫的名詩〈春夜喜雨〉就是後者的名篇：「好雨知時節，當春乃發生。隨風潛入夜，潤物細無聲。野徑雲俱黑，江船火獨明。曉看紅濕處，花重錦官城。」你能用「喜雨」的意象寫一篇〈雨季的故事〉嗎？

出發！為我的「意」尋找「象」！

選擇題

宜蘭縣宜蘭國中 國七 游翊民

46 聯合盃 作文大賽 首獎 2015 決賽

課上到一半，魂飛了千尺。陣陣香氣壓迫著蠢蠢欲動的舌尖。廚房阿姨正推著首尾相連的餐車，像聖誕老公公般要發禮給小朋友，他們要將色香味俱全的菜，推向這些挨一個早上的餓，那些早已沒心情上課的學生們。但在遙遠的一塊大陸上，位位飢腸轆轆的人們，將以我們無法想像的速度，如同片片的骨牌，一一倒下。那我們餐車中的食物，任怎麼飛去天邊，停止世界各角落，八億人肚子的呻吟？

一株藐小的高麗菜、一隻優游的魚兒、一條細削的麵線、一瓶新鮮的牛奶、一塊鮮嫩的牛排及一把分配不均的湯匙。老師出了一個選擇題——以上是哪項物品使得全球每年有兩千九百萬人，因攝取過量，誘發肥胖相關疾病而死？但又有三千六百萬人因饑荒而死？老師幽默又諷刺地道，如同這次生物段考……。

我趴在桌上，肚子中五臟廟中的神明已開始抗議，哪管著這選擇題？終於，令我亢奮的下課鐘聲響起，我提起餐盒，拔腿狂奔，為的是多舀一匙的飽足感。如我所願，我排在難民中的第一。勺子一舀，琳瑯滿目的佳餚被我盛進碗中，一匙接一匙，直到一小塊蒸蛋從碗中流了下來，其餘的則搖搖欲墜，我才罷休，回到座位上。心頭繼續思考著下午即將討論的選擇題。

一口塞一口，嘴巴中沒有縫隙的存在，但號稱無底洞的胃也沒了空間。我端著碗，走到廚餘桶邊，一望下去，八分滿——正常。碗中的飯菜傾洩而下，瞬間改了名，名叫「廚餘」，等著去餵一頭頭嗷嗷待哺的豬隻們。但我不知道，遙遠的彼方，也人在吶喊：

中午時分的課堂學生想著餐車上的美味午餐，幸福美滿；但畫面一轉，來到世界中那些貧困飢荒的各角落。兩相對照，參差對比，更加凸顯「選擇」的考驗與無奈。

以老師的「提問」，要同學們設身處地的思考，什麼是造成「飲食攝取」的不均衡，更導致「糧食短缺」、「資源分配」的選項，充滿思考的辯證，同時也埋下伏筆。

飽足後的作者再次「諷刺」自我行徑，藉由自己排隊當第一的「難民」，刻劃出自己才是既得利益者。

藉由遠方無食物可吃的飢困難民，對比出資本主義高度發達的當代社會中，人們浪費的廚餘能給豬吃，卻無法拯救遠方屠弱無助的生命。

「我連豬都不如？」

　　下午的班會課，老師不直入正題，她問道：「誰能告訴我，中午廚餘桶是幾分滿？」我心頭一陣喜悅，我知道解答，於是我舉手：「八分滿。」正確答案，但接下來老師追問：「你覺得早上的答案是什麼？」我心裡想，那桶中幾乎都是穀類及菜類，不！這樣便有兩個答案。突然一個畫面閃過我腦海──一把湯匙不斷地舀菜，一匙接一匙，把倒進廚餘桶中的食物盛進我的碗。

　　我說：「一把分配不均的湯匙。」正確！沒錯，這把湯匙正悄悄的把食物分類那平衡的翹翹板扳歪……。

最後，謎底揭曉，造成「飲食攝取」的失調，導致「糧食短缺」、「資源分配」的不公正，原來都是「一把分配不均的湯匙」。這把湯匙，可以是餐桌上舀取食物的工具，更象徵著看不見的權力分配，它將資源壟斷，讓貧富差距越加明顯，也在隱然間，畫出了兩個截然不同的世界。

總評：

這篇文章的立意特殊，取材新穎。文中的「一把分配不均的湯匙」為主要意象，它既是餐桌上的禮儀工具，可以用來比喻營養能量的攝取，更重要的是，那把湯匙，象徵著進化的文明，與第三世界遂有了區隔與分別。處在當代社會的我們，焉能不省思自己手中的那把湯匙？

立刻到 131 頁挑戰寫作任務 8 吧！

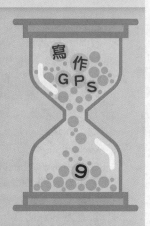

人生滋味　人際相會　社會透鏡　時空感知

文言文不是你的敵人，是你的朋友！

水乳交融──
談文言文在白話文裡的運用

據新聞記載，作家張大春曾去信邀請歌手周華健吃飯：「呼爾持琴兼抱酒，趁月明星爛人無事，從渡外，到雲裡。」渡外，指周的工作室「擺渡人」，「雲裡」則指張的新店居所。此信何其太雅？周接信後，竟不知如何回函。

這年代，誰這麼約人吃飯？大概除了詩魂猶在的文人。

文言文在某些人眼中，早該擺進歷史博物館，但張大春卻有一番精闢的詮釋：「文言文與白話文不是兩種語文，是一種語文裡不同語意密度的組織方式。」白話文較接近口語，語意的密度疏鬆，但文言文不同：

「文言文心摹手追，仿經道史；脫胎於詩書之詞，鍛魂於典籍之語。大多數不能湊泊欣賞的人，是苦於文章中難以貫通意思的語符太多，也就是說，在語意密度過高的詞彙之間，沒有聯通架構的管道，如人行路，當面錯失，那是由於我們一時想不起在哪兒見過。」（出自張大春《文章自在・文言語感》）

張大春示範兼說理，用文言文體說文言文，以「心摹手追，仿經道史」為例，二字一組，語意繁密，這是白話文無法企及的語意密度，若勉強改成白話文述說大意，「文言文是用心揣摩，追隨仿效經、史典籍的語言」，字數增多，句型也不若文言句法齊整，顯得粗枝大葉。

文言雖有音韻鏗鏘、語意緊密的好處，但這

年代說話若「仿經道史」，聽眾不免瞠目結舌；若是書寫滿紙文言，又非要有極大能耐不可，即便寫就，觀者除了頂禮膜拜，難保不會供奉於廟堂，顯得曲高和寡。

最佳策略便是在白話文中善用文言句法，使文章疏密有致。余光中善於鍛造語言，以〈黃繩繫腕〉為例：

「我們依禮脫鞋入寺，剛跨進正堂，呼吸不由得一緊。黑黯黯那一座重噸的，什麼呢，啊佛像，向我們當頂矗矗地壓下，磅礴的氣勢豈是仰瞻的眼睫所能承接，更哪能望其項背。等到頸子和胸口略微習慣這種重荷，才依其陡峭的輪廓漸漸看清那上面，由四層金葉的蓮座托向高處，塔形冠幾乎觸及紅漆描金的天花方板，是一尊黑凜凜的青銅佛像。」（出自《隔水呼渡》）

作者初見既高且沉的佛像，呼吸一緊：「黑黯黯那一座重噸的，什麼呢，啊佛像」，作者利用三字短句來表達人們呼吸急促、語不成句的壓迫感，以「呢」「啊」等語氣詞表現疑問與驚奇的情緒轉折，十足白話。但後文描寫佛像行文典雅簡潔，「望其項背」是成語，「依其陡峭輪廓」則略帶文言句法。語意疏密有間，語句長短有致，這是將文言句法融入白話文的例子。

白話文蔚為主流之後，文言文似乎隱居幕後，變成文化遺產，但浸淫文字者仍會從文言中汲取養分，淬鍊筆鋒，書面語亦不乏文言的流風餘緒。文言之用大矣！為文之人，不可小覷。

邀請信

試著將文言融入白話，寫封信邀請朋友吃飯、出遊、逛書店或看電影吧！

看我巧用文言，創造不同的文章風格！

佳作觀摩

一種心境，兩雙走足

彰化縣精誠中學 國九 李詩芸

作者化身為圖像中的荒草，坐伴雲影天光，諦聽原始莽林，更有兩岸的涓流細水，靜靜地陪伴與聆賞。

長空碧落，迤邐靉靆巧運柔勁，雲袖一揮便籠覆千里。擁著滿屏葳蕤的天，擁著涓湧溪渚的岸，擁著那峭岸的蔓草——我是以那岩岸隙罅為居的荒草，坐看那雲湧。

遽然間一股巨力經過我，當我甫狼狽起身，目送一只鞋底漸遠。我瞅瞅那套著鞋的巨人，他又朝前走了幾步，向後招呼著自己的同伴。

荒草，在此時遇見了兩位查探保育情況的觀察者。兩位著鞋的巨人，也就是題目中的「兩雙走足」，亦即走在自然中的這兩位自然觀察員。

我揣摩著。這處荒煙蔓草，鮮有人跡。他們又是為何探問此蠻夷野地？

「太好了，這裡的空氣挺清新呢。」

「是呀，樹叢繁盛，溪水看來也很清澈。」

凝神斂耳，我諦聽他們的談話。

不得不說他們真令人詫奇，蒐整剴切對談內容後，這兩個人類竟是來察看環境保育情況的。他們時而舉目遠眺，時而伸掌掬水；抑或拍張照，記下一些觀察。

幾刻功夫後，他們依著來時的足印離去。

荒草，曾經歷遊各地，那一處處曾經美麗的土地，如今遭受開墾濫伐，失去了原有的繁茂與生命力，觸目所及，盡是漫天飛塵的水泥高廈與惡臭渾濁的河港水流。終於，有人發出了環保之音，希望找回人與大地的和諧互動。

我嘖嘖著人類奇怪的心眼。當我仍是粒憑風颺颺的草籽，當我縱覽他處群景，漫眼所即盡是灰寒的水泥廈林；我聽見被柏礫掩住呼吸的土地悶悶的叫嚷；我望見惡臭煙團裊裊升起，在天幕上盤縮成一個緻密的口枷；我看著江渚渾濁汙穢——我知道自然在哀嚎。

當我在此蟄居，風捎來的音息總是人類又如何地戕傷哺育他們的生命、孵育他們繁富的土地。

而今，曾經細弱的環保之音卻漸次茁大。開始有越來越多的明眼人關心著那些屢經踐踏後再被遺忘的一隅殘喘的癱瘓野地。它們蕊有傲骨，不甘被浮腐文明馴養，堅守著千秋百代來最原始的唄籟。

我獨是一枝草，也許我見識淺貧愚鈍，也許我的生命在人類哂笑著一捻手間灰飛煙滅——但請記住，我的靈魂與自然巨大的希音絲絲扣連，它的憤懣我再明瞭不過。也許它在你們眼中憨傻柔順，可盡量予取予求——但，人類啊，請謹記我的警告，將這預示鐫刻在你們的心版胸臆。當自然的最後一撮淨土，最後一絲醇淨冽風，最後一滴滲著奶與蜜的盈腴沃土被悉數泯滅，那就是累積了百年之恨的它燃起反攻烽火之時。

我只是一株草，一株平凡的草，我記得那兩個與自然同陣線的人，我觸碰著他們那顆眷憐這土地的心。

時光淒翳翻墨，而我在此，坐看那雲湧。

人類，可曾銘記，在那夙舊曩昔……，有枝草的話語在風裡颼颼……。

立刻到 131 頁挑戰寫作任務 9 吧！

以草的警戒與勸諫作為結束，人類與土地、自然、宇宙的關係，是互生共榮的，人類若只是「竭澤而漁」，只顧及眼前利益，而不做長遠的規劃與打算，那麼，自然的反撲將帶來難以測量的生態浩劫。

總評：

以圖片中的「荒原野草」為主角，從他的眼界，看到兩位生態觀察員，「兩雙走足」走在河岸，表達出「荒原野草」與觀察員，同時有著「一種心境」——那就是珍愛自然，復育土地的理想情操——文字典雅秀麗，將「文言」帶入「白話」中，何雲流水。如「迤邐靉靆」，四字句，帶出綿延迷濛的畫面；「蕊有傲骨」、「浮腐文明」，精準寫出小草的性格；再如「夙舊曩昔」，也讓文句古今交錯，帶出時空變遷，達到了「文言」語法，在行文中的運用。

寫作 GPS 10

人生滋味

人際相會

社會透鏡

時空感知

讓知識展現魅力。

學者風範——
呈現博雅之趣

　　據聞美國名校校長對教授們演說：「請善待成績好的同學，他們將來有可能成為你的同事；但更要善待成績差的同學，因為他們未來可能會捐款給學校。」雖是趣聞，卻也道出某些事實。會念書的同學們博覽群書，成為教授的大有人在，裝錢的口袋未必深，但腦袋裡知識挺多。教授們學深似海，名言典故信手拈來，這些材料帶領讀者悠遊知也無涯的境域，呈現出博雅風格。

　　這種博雅風格，可從狀物散文窺見一斑。余光中說：

　　「狀物的文章需要豐富的見聞，甚至帶點專業的知識，不是初搖文筆略解抒情的生手所能掌握的。足智博聞的老手，談論一件事情，一樣東西，常會聯想到古人或時人對此的雋言妙語，行家的行話，或是自己的親切體驗，真正是左右逢源。這是散文家獨有的本領，詩人和小說家爭他不過。」（出自《余光中散文·自序》）

　　張曉風寫楊柳上溯白居易、韋莊的詩，吳魯芹寫墓碑談論東西方習俗不同，都是上下求索、學貫中西的例子。

　　我們且看看周作人如何施展「左右逢源」的本事。他寫〈蒼蠅〉，文長約一千五百字，裡面引用兒歌、典籍、詩歌不少於十三處，除了開篇寫自己小時候玩蒼蠅的經驗（將近三百五十字），其餘幾乎都是援引各項材料貫串而成。他用的材料包含荷馬史詩、法布爾《昆蟲記》、小林一茶的俳句、《詩經》、《埤雅》、紹興兒

歌……，五花八門，目不暇給，胸中有大學問才能辦到。引用資料太多，有可能變成寫論文、掉書袋，讓文章趣味全失，周作人透過精心安排與整理串接的工夫，將典故分門別類，再摻和自身經驗與體會，娓娓道來。蒼蠅的脾性、中外詩人對蒼蠅的不同態度、蒼蠅的趣聞有次第的呈現在讀者眼前，讀來不覺生硬，反而開拓了我們對蒼蠅的認識與眼界，素來可厭的蒼蠅，其實並不那麼面目可憎。

再以梁實秋〈牙籤〉一文為例，本篇以施耐庵《水滸傳》「嚼楊木」一語作為開端，談牙籤取材自柔韌富彈性的楊柳枝，接著調侃賽珍珠「不識貨」，不知楊柳枝為何物，把《水滸傳》翻譯得不倫不類。從知識起筆，原是學者拿手本事。在這篇文章裡，除了施耐庵，撰寫《佛國記》的晉代僧侶、莎士比亞、散文家 Overbury 都應梁實秋的召喚而來，供其驅策，展現余光中所謂「足智博聞」的長處。至於寫「自己的親切體驗」，則顯得妙趣橫生：

「例如牙籤的使用，其狀不雅，裂著血盆大口，擰眉皺眼，摘之，摳之，攢之，抉之，使旁觀的人不快。縱然手搭涼棚放在嘴邊，仍是欲蓋彌彰，減少不了多少醜態。」（出自《雅舍小品》續集）

本段直陳剔牙情狀之醜，完全「不為賢者諱」。

寫作要如學者，汪洋宏肆，談何容易？拜網路科技之賜，現有 Google 可用，多少能在網路上查到所需資料。只要不當文抄公，將材料咀嚼消化、適當引用，我們也可能左右逢源，讓文章帶有博雅的色彩。

 中世紀的餘燼

廣博的知識會如何影響寫作呢？安伯托‧艾可（Umberto Eco）被公認居於當代最博學的人之列，長年沉浸於中世紀學術研究的他，自稱在每個地方都能看見中世紀的影子。他在小說《玫瑰之名》最後一章所描述的篝火與在樹林間飛舞的餘燼栩栩如生，卻不是靠他的觀察力，而是他知道一個中世紀的修道士是怎麼看餘燼的。

精心剪裁、妙趣組合而不賣弄，才不會變成「寐」力。

杜工部遊記

苗栗縣明仁國中 國八 廖欣虹

9th 聯合盃 作文大賽
優等創意
2015 決賽

暗紅色的大門前，一隻隻手微微撐起，見得路邊一株小草便奮力往前，個個皆冀望不必再受此刑，哪怕只是一片樹皮，一堆野草，只要囫圇放入口中，就能抵擋飢餓肆虐。我見如此場景，不由得喟嘆，莫怪目前政局不安，史思明才敢如此猖狂。

暗紅色的大門後，酒氣飄溢，陳年的深厚歲月，積成了一壺壺熱辣濃厚的烈酒，肉香在不覺中入了鼻內，腦中早已辨出那菜的配料，涎垂三尺。從安祿山的體型就可以知曉，酒池肉林並非天方夜譚。

我想到家中餓死的孩兒，再望此事，不禁淚溼衣襟，慨而道出「朱門酒肉臭」五字，余不得不怨上蒼，何讓我生不逢吉時？是以，祂給了我一次機會，讓吾來到一千三百年後。

辰時，吾逛於校園，琅琅讀書聲入耳，不曾想過余在時光飛逝後能被尊稱為「詩聖」，心中有些小雀躍。午時，用膳時刻到了，見滿滿佳餚，有菜有肉，便欣然安慰，至少，吾的孩子若出生於此，便不會因此餓死；可是，當余食用完，靜於一旁等待時，卻驀然驚見，一堆孩子浪費飯菜，挑食的挑食，糟蹋的糟蹋，心情頓時跌入深淵。

上蒼見吾沮喪，便幫我換了間學堂。在這兒，人們不叫它「歐洲」，他們得叫它「非洲」，我瀏覽了這裡的孩子，他們的皮膚是黝黑的，衣服充滿補丁，赤著腳，肚子鼓鼓的，手臂卻異常的小，似乎可見骨形，和朱門前的人民有得比。我一直在等用膳時刻，卻遲遲沒有餐點香，反而是一旁的孩子用泥土滾成球，道：「嘿！新來的，這是我今天的午餐，就讓給

暗紅色大門，也就是杜甫詩中的：「朱門」，象徵富貴人家。開頭以「朱門」劃分出兩個世界。第一段描述的是貧困的庶民百姓；第二段描述的是富裕的政經權貴。

此處是整段的樞紐，作者讓杜甫跨越時空來到了現代。

杜甫來到現代後，分別到了世界的兩個地域。一個地域物欲生活揮霍無度，眼前景象彷彿重現當年「朱門酒肉臭」的歷史場景；而另一個地域的無私關懷，人道精神，彷彿也再現了杜甫當年接受親友餽贈的深厚情誼。

你了。」他真誠的雙眸，使我亦淚潸潸了。

　　《孝經》：「用天之道，分地之利，謹身節用，以養父母，此庶人之孝也。故自天子至於庶人，孝無終始，而患不及者，未之有也。」我杜某人思：不論是何種年代，這道朱門依舊是個問題，要徹底打掉的法子不是無，只要朱門內的人們遵循古法的「儉」，不要浪費食物，留些給朱門外的人們，不論貧富貴賤，這朱門才不會是我們追求和樂而跨不過的楚河漢界。

結尾回到「朱門」意象的思考，從古至今，「朱門」雖永遠存在，但它並不是無法跨越的鴻溝，只要「門內」的人持儉溫厚，發揮同理心，「門外」的遊人與一般百姓，便能一起享有「大道之行，天下為公」的盛世景觀。

總評：

本文展現了淵博的學識，不但對唐代、詩人、歷史，都有一定理解，書寫的角度亦極有創意，讓杜甫穿越時空來到現代，回想盛唐「朱門酒肉臭」的民生議題，來到現當代後，仍舊存在。作者儼然以杜工部為化身，寫出了社會上的貧富差距與底層人民那無私奉獻的真誠溫情，期許有日能「大庇天下寒士俱歡顏」，或許也是作者深切的期望吧。

立刻到 131 頁挑戰寫作任務 10 吧！

溝通的工具

說明：在科技日新月異的時代裡，溝通的工具日趨多元，電子郵件、臉書、LINE 等，已成為我們生活中不可或缺的工具，也因為溝通工具的便利讓彼此之間沒有距離。然而也因為虛擬溝通工具的盛行，讓我們在真實生活中的溝通日趨薄弱，虛擬空間的壯大讓彼此之間有了更難以跨越的距離。請你依自己在日常生活中的經驗或見聞，以「溝通的工具」為題，敘寫一篇文章，表達你對現代人使用溝通工具的想法。

一則精彩的廣告

說明：廣告，是貼近生活的藝術。電視及網路廣告，用精彩的音效、生動的情節或吸睛的標語，觸動人心；報章雜誌上的廣告，則用精鍊的文字或唯美的畫面，引人注意。請選擇一則讓你驚豔的廣告，描寫它的內容及呈現方式，說明它吸引你之處，及你觀賞後的感受或啟發。

一則新聞的我見我思

說明：從世足賽新聞中，我們看見錯接一球的鬱悶懊悔，卻也感受到起腳進網的歡欣鼓舞；在高雄氣爆的新聞中，我們驚見烈火燃燒直沖天際，讓人恐懼不安，但也感動於人們互助合作，傾力救災；從遠方的以巴衝突新聞中，我們領略國際情勢的詭譎多變；在中東錯綜糾葛的歷史中，讓我們更懂得珍惜和平的可貴與美好。請你選擇並敘述一則新聞，再深入思考這則新聞帶給你的感受與啟示。

如果我有權力為國家決定一件事

說明：如果你有權力為國家決定一件事，那會是一件什麼樣的事？你是怎麼考慮做這個決定的？這件事會給國家帶來什麼樣的影響？能不能為大多數的人造福呢？請你以此為主題來寫一篇作文。

我的青春圓夢行動

說明：一位青少年帶著 777 元，用作畫換取餐飲住宿，實踐火車環島旅程；一群合唱團學生到處擺攤，包辦烘豆、篩選、磨粉、包裝等製作咖啡流程，籌募經費出國比賽勇奪金質獎；一群小學生不畏艱難，自製邀請函、寫計畫說明書、成立部落格等，成功採訪 10 位大人物，出版「12 歲的天空」一書。這些年輕學子，均勇敢編織夢想，並逐夢踏實。你也有屬於自己的夢想嗎？請你敘述一項自己渴望追尋的夢想，並分析現況，寫下實踐的行動方案。

變

說明：二十一世紀的科技發明日新月異，以前上課教室裡只有黑板，現在可以用電子白板、平板電腦來教學；以前買東西要去店家排隊，現在透過網路，可以直送到家裡。所以有人說：世界唯一不變的就是一切事物都在「變」。但是「變」與「不變」似乎沒有固定的道理，還是有老師喜歡用黑板寫字進行教學，還是有人愛去雜貨店買東西，感受與人接觸的溫暖。你覺得生活中那些事物需要變？那些想法需要變？該怎麼變？請舉出實際的例子並分享你的看法。

擁抱藍天

說明：「藍藍的天，白白的雲，藍天白雲好時光⋯⋯。」乾淨明朗的環境讓我們身體健康，心情愉悅。因此建構低碳永續家園是我們的願景，請從日常生活的食、衣、住、行等方面，說明我們該如何推動這個理念、深化這個理念，使美麗的臺灣天藍、草綠、山青、水秀。（低碳就是減低二氧化碳排放）

心中有一把尺

說明：一把尺，可以丈量長寬，可以測度生命。面對現代社會層出不窮的問題或生活中與人的互動、對事情的判斷，每個人心中都需要一把尺，用以辨是非，明善惡，權衡獲得與失去，認清別人也看見自己。試以「心中有一把尺」為題，寫一篇文章，論說、記敘、抒情不拘。

標準答案

說明：對於同一個問題，孔子針對不同學生因材施教，所以回覆不同的答案；佛陀因人說法，祂給弟子們的答案也各不相同。由於對象、標準或思考角度的差異，不同答案都可能是「正確的」！然而，一般人對於許多問題，往往抱持僵化的「標準答案」，這樣的慣性反應很可能限縮了一個人的創造力和想像力，讓人無法從觀察問題、發現問題、思考問題，進而採取策略解決問題。在你的經驗中，你曾經質疑過什麼「標準答案」？那是怎樣的反思過程？你得到什麼樣的啟示？請以「標準答案」為題，書寫一篇首尾俱足的文章。

偏見

說明：在生活中，如果沒有證據或不加考查就下定論，便容易造成偏見，它讓你產生不公平的判斷。憤怒會造成偏見，嗜好會造成偏見，恐懼也會造成偏見⋯⋯。偏見讓人盲目，看不見事實真相，或沉溺在喜愛的事物中，行為因此失去秩序。請以「偏見」為題，寫出生活中帶著「偏見」的人或事，並闡述你的省思和體悟。

「情動於中，而形於言」，滿溢的情感發諸文字後，苦無更上層樓的引導嗎？
趕快登入 http://blog.u-writing.com/?page_id=5，眾多高手等著幫你打通任督二脈！

讓心靈放鬆一下，在一筆一畫的著色過程中，釋放壓力、喚醒創造力，與下個階段的學習，來場美麗的邂逅。

社會猶如一條船，每個人都要有掌舵的準備。

～易卜生

時空感知

時序、環境更迭變化，身處其中的感受或體悟，如何再現？

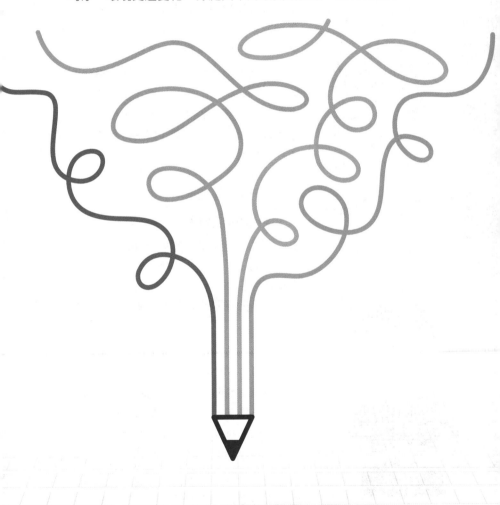

自然之情

　　我們生活在自然裡。住在鄉間，花草樹木、蟲魚鳥獸是常伴左右的芳鄰，住在城市，變換的天氣、遞嬗的季節，都是自然的耳語。我們每個細胞分分秒秒與自然頻繁地接觸，人人視之為理所當然，然而，有一群敏感的人，張開了文學的眼睛，把大自然寫成了一本好書。

　　在國中課本裡，可以找到許多書寫自然情懷的例子，如：徐仁修〈油桐花編織的祕徑〉（或名為〈森林最優美的一天〉）、張曉風〈常常，我想起那座山〉、凌拂〈與荒野相遇〉、南方朔〈今夜看螢去〉、梁實秋〈鳥〉……。這些入選課本的傑作，究竟如何敘寫自然，進而抒發情懷？我們可以整理出兩個要點：

一、傑出的描寫能力

　　看見（或感受）自然，進而引發自然情懷，這是一個由「外在」轉進「內在」的過程。作者必須活色生香地呈現自然風貌，讀者才容易感同身受，因此描寫能力至關重要。以徐仁修的文章為例：

> 迎面而來的是許許多多雪片一般飛落的油桐花，飄盪著、旋轉著，好像仙女散花一般，……也把整條山徑鋪上了油桐花編織的白色長地毯，空氣中充滿著濃淡適宜、令人愉悅的花香。〈油桐花編織的祕徑〉（出自《荒野有情》）

　　徐仁修透過摹寫、比喻等技巧，用文字捕捉自然美景，帶給讀者美的感受。其他如南方朔寫螢：「看螢讓人覺得溫暖，彷彿暗夜的漆黑裡，小小的山精水靈打著一盞迎迓的風燈。」「螢的

寫作 GPS 1

你愛大自然嗎？

舞姿也最讓人流連。牠隨著氣流舞動，時而舒緩如一個定點，時而急高急低的起伏。」（出自《有光的所在》）梁實秋寫鳥，細膩的描繪鳥鳴、鳥的毛色、鳥的姿態，作家透過文字呈現自然界生物的動人面貌，種種描寫技巧都值得讀者借鏡。

二、由景（物）入情，敘述內心的感受

　　客觀的描寫風景，近於報導寫作，而抒發內心對自然的感受，這就是書寫自然情懷了。相較於客觀的寫景，寫自然情懷能使讀者貼近作者，感受作者生命的獨特性。再以徐仁修的作品〈油桐花編織的祕徑〉為例：

　　「……令我驚奇的是，新的落花立刻修補了我踩過的地方，這是大自然完美的設計，一條活生生的鋪花小徑。……有那麼一剎那，我認為自己已丟棄了軀殼，正輕鬆自在又滿足地走上通往更高境界的地方。……我品嚐著福爾摩沙低海拔森林的美好與曼妙，全身浸滿了幸福。」

　　神奇美麗的大自然使得作者深深陶醉、忘我，文章以充滿幸福的感受作結，這是他的自然情懷。由於讀者已閱讀過前文鋪陳的自然美景，後文由景入情，頓覺流暢自然。張曉風〈常常，我想起那座山〉：「樹在。山在。大地在。歲月在。我在。你還要怎樣更好的世界？」（出自《你還沒有愛過》）面對拉拉山、面對神木，進而體會自然、自我的存在，這是她的自然情懷。

　　自然情懷，是人與自然對話的結果。若沒有深入體察自然，文章不容易寫得動人，若沒有好的描寫技巧，也難以引領讀者進門。凌拂說：「我不是個自然觀察者，我是一個自然生活者。」由觀察進而對話，這是擁有自然情懷的不二法門。

山賊來了

　　喜好遊山玩水的謝靈運，曾經帶著數百名隨從，自始寧縣的南山開始，伐木開路直到臨海郡，驚動了臨海郡的太守王琇，以為是哪來的山賊！發現原來是謝靈運，才安下心來。

跟大自然來場深度對話！

佳作觀摩

大自然的禮讚

新竹縣成功國中 國九 蕭振奇

7th 聯合盃 作文大賽
優等說服
2013 決賽

梭羅云：「如果一個人，沒有和他的同伴，保持相同的步調，那是因為他聽見了生命不同的鼓聲」。曾幾何時，人們微妙的心靈受到自然的召喚，一種「何處惹塵埃」的嚮往，想拋開壓力的桎梏、甩掉煩惱的枷鎖，任情地佇立於少年之水的彼岸，諦視著春花秋月的遞嬗更迭。

冷冷作響的溪水流淌著，在大自然的輿圖中。一手握著登山杖，感受大地澎湃的心跳；另外舉目張望，以望遠鏡企圖捕捉每分每秒生命的悸動，用尊敬的眼神挖掘每一寸大自然的瑰麗，饑渴地凝神著課本內找不到的知識……。在偉大的事物面前，總讓人們感到渺小，甚至是一曲嘹亮清麗的天地之音，也能激起心湖中陣陣的漣漪。

水天一色。而蓊鬱的綠像是迷人的絲綢，點綴著天地之心。就如此悠悠地、輕輕地，漫溯著大自然的軌跡，時空好像從未流轉，而將它的影子鑲到流雲上了。這不禁使我想到了盧梭的《一個孤獨漫步者的遐想》，不同的是，我並不孤獨，身旁的景物流轉著、萬物靈動著。一沙一世界，何況是大自然呢！

驀地，一陣滄桑湧上心頭，原本像絕句的蟬聲，此刻卻如安魂曲似的，奏著死亡的樂章，這宇宙之語，萬物都明瞭，生命匆匆，就像一杯酒回不了葡萄，人也回不了年少。但是，一隻逆流而上的魚卻重燃了希望，對生命活著的熱忱：牠們的命更短，時光更緊促，卻還是揮灑著毅力的璀璨，勇氣的光芒！

耳畔的水聲、蟬聲猶在，卻不再悲涼。因為，我知道：死並不是生的極對形式，而是以存在於生的方

藉由與大自然的接觸，運用摹寫法，將自然風景細膩地進行描繪，使其躍然紙上，讓讀者彷彿也身入其境，一同感受作者體會到的大自然之美。

作者藉由對自然景色的觀察，抒發對於生命議題的看法，而我們作為讀者，也能以此瞭解作者心中真實的冀盼。

式等待著人們。忽然，整片天都是我的！遠遠的樹微
笑著，望著匆匆走過的每個靈魂；我將沉默插在筆直
的石縫中，就是感受著、享受著，以卑微的身軀領略
自然的懷抱。幾滴雨，落了下來，遠方那河和樹的交
會點，好美好美……。

　　洪自誠於《菜根譚》中寫到：「階下幾點飛翠落
紅，收拾來無非詩料；窗前一片浮青映白，悟入處盡
是禪機。」何不擇日動身前往大自然呢？不需為了
「觀察生態」如此崇高的名目，也非「做自然報告」
一般乏味的因由，就是去發掘，就是去探索，也許諦
聽風吟唱一首未央歌，也許追憶著誰的似水年華！

立刻到 174 頁挑戰
寫作任務 1 吧！

文章結尾，作者呼應
開頭提到對自然的嚮
往，只要盡情享受，
人生自有興味，讓文
章要旨更能凸顯。同
時，藉由名言錦句的
引用，讓文章更見深
度。

總評：

文章由大自然的景色
入手，描述其景緻，
遊歷其中，自能享受
其美景、其優閒、其
廣闊，進而由對大自
然的觀察，點出本文
對生命之情的關注，
論述出「享受自然，
恣意人生」的文旨。
因此，在文章寫作
時，若能深入體察自
然，並運用描寫技
巧，便能吸引讀者，
錘鍊出一篇篇優秀的
作品。

寫作
GPS

2

人生滋味

人際相會

社會透鏡

時空感知

以自然為師。

自然觀察與體悟

看天地之遼闊，觀萬物之繁多，這其間的美麗、奇異及神祕，雖窮盡一生也無法一一探究，卻可以從中吸取知識、悟出道理，從而得到啟發。作文時，將大自然的啟發巧妙地寫進文章中，其實是一種萬年不敗的寫作方法喔！

比如我們常聽見的「樹欲靜而風不止，子欲養而親不在」，就是一句帶有大自然啟發的名言。試分析之，此言若只寫出後半句，便僅是陳述一件事實；若只寫出前半句，又僅是描繪自然景象；前後兼有，不但深深刻劃出一幅意象圖來，絕妙的連結更使句子的啟發性迴盪不絕。

想要讓自己寫的文章具有深刻的意象，又有迴盪不絕的啟發性，平素裡，對於大自然就必須用慧眼去發現觀察，還要以想像力去延伸聯想，然後再用獨到的角度去抒發個人的想法或感悟。換句話說，就是去看出別人所看不出的，想到別人所想不到的，寫下別人所悟不出的感觸。

100 學年度學科能力測驗的作文題目是「學校和學生的關係」，這種議論型文章，很多考生們都怕，因為難以發揮創意，也就難以搶下高分。當年有一篇佳作，巧妙地將大自然的啟發寫進文章中，因此獲得閱卷老師的青睞喔！來看看這篇佳作是如何從自然中汲取寫作養分的：

> 有種樹經驗的人都知道，很多樹種根上會有一顆顆的根瘤，但千萬不能拔除，因為那是根瘤菌和樹共生形成的。……我想學校和學生之間就像樹和根瘤一樣吧！

> 　　學校像大樹一般，是成熟、茁壯的，學生就像根瘤菌般，是成長中、有無限可能的，兩者互生，任一方的成長都是兩邊獲利的。……（略）
>
> 　　但學生也不能因此而僭越禮法，日前大法官解釋學生有權對學校提出行政訴訟，或許就有些不妥——何曾看見根瘤菌盤踞整個樹頭呢？因為它們都知道，互生共榮才能生生不息，任一方太過強勢是不會有好處的。……（略）
>
> 　　有些學校主管政策是傲慢的，有些學生想法是偏執的。這些偏見像一塊布幔擋住彼此的視野，何不將傲慢折疊，將偏執收捲呢？如此，雙方才能攜手，為教育的田畝犁出一畦「百年樹人」的藍圖！（出自「大學入學考試中心」網站 www.ceec.edu.tw）

　　首段除了最後一句，便是寫對自然的「觀察」，說明根瘤菌和樹的共生現象；首段最後一句與第二段，從根瘤菌和樹的共生現象延伸出去，「聯想」到學校和學生之間的關係，也是兩邊獲利的；第三段承接第二段，一樣從雙方共生的基礎上來「聯想」；末段則寫「感悟」，提出自己的看法及建議，期盼能建立良好的教育環境。想不到吧，議論文也可以這般巧妙地套入大自然的啟發，還獲得了「善於發想、思考深刻」的評語呢！

　　所以，走入大自然吧！去觀察、去聯想、去感悟！無論是日月山河，或是草木鳥獸，走吧！與各式各樣的景物來場獨特的邂逅吧！

無用之用

莊子對於樹有其獨到的觀察與體悟，例如長相奇特或材質不佳的樹木，在木匠眼中不適合做木材，是棵無用之樹，但卻因此不會被砍伐，得以安享天年，無用正有其大用。這禮拜，與樹來場特別的相遇吧！

大自然是我的靈感寶庫！

聽！小溪在唱歌

臺中市大甲國中 國七 林可鈞

7th 聯合盃 作文大賽
優等感動
2013 決賽

首段以對自然景物的描寫，表露自我的人生觀，並與「小溪」進行連結，為下文展開鋪陳，並點出人生歷程未必盡如己意的處境。

作者描述自我在生命中曾遇到的挫敗，同時陳述在自然觀察中，體會的道理，藉由自身經歷與自然體悟相互印證，說明人生的道理。

　　我沒有天空的湛藍，但我有雲朵的飄逸；我沒有樹木的高聳，但我有小草的青翠；我沒有大海的遼闊，但我有專屬小溪的自在閒逸。當我的情緒起伏不定時，我總一個人背起旅行的背包，到溪邊，靜心聆聽小溪輕唱的歌謠。

　　人生是一趟冒險旅程，你期待扮演怎樣的角色？我曾夢想著，自己是大地，盈育萬物；更曾盼望，自己是閃耀的太陽，照著天地的一切。不過，生活上不如意的事使我對自己產生疑惑。我能站在世界的頂端嗎？求於完美的我，漸漸失去燃燒美夢的動力……。

　　在那次比賽的失意，我瞬間從接受掌聲的獲勝者，掉到深陷幽谷的失敗者，我多想攀上最高峰啊！但是因為一時的失足讓我只能在山腳下徘徊哭泣。封閉自己有好長一段時間，我試圖以閱讀開啟再出發的出口，華麗的文字並不吸引我；而那些真摯、誠懇的文章敲開了我的心房，帶我重新找尋生命的美好，我背起行囊，投向大自然的懷抱，步行一會兒，映入眼簾的是一條清澈的溪流，瞧她流水的姿態，好輕鬆愉悅，像唱著一首歌呢！我也跟著哼了起來。

　　她唱道：「不要猶豫，和我一起擺動身體吧！不要傷心，露出最燦爛的笑容吧！不要煩惱，唱出內心深處的聲音吧！」我耳朵聽著，嘴邊也牽起淺淺的微笑，與其強逼自己作大海，何不作一條快樂的小溪呢？「萬物靜觀皆自得」，小溪的歌聲使我擺脫牢籠，不再畫地自限，凡是生在地球上的萬物，都有它的獨特之處，古人也說：「天生我才必有用。」我作小溪，

耕耘自己的生命花園，領悟平凡中最美的真諦。

　　在小溪旁，聽她吟唱人生的歡喜與哀愁，儘管她身旁有高山、綠樹，她還是勇敢的作自己，展現自己的特別，小溪鼓舞我，勇敢編織我的文字夢，挫敗時，唱唱小溪的歌，想想她的面貌，並且重振腳步，邁向自己的生命顛峰。你聽見了嗎？「不要猶豫，……不要傷心，……不要煩惱……。」是小溪在唱歌！那歌聲在我的心中縈迴繚繞，聽起來是如此輕快、如此自在！

作者以小溪的歌聲，帶出對自我困境的解決辦法，也訴說對讀者人生的建議，讓讀者一同體會大自然所告知的啟示。

總評：

大自然是無盡的寶庫，不僅能提供我們資源，更能給予我們許多生命的啟示。作者將「小溪」視為人生的引導者，藉由觀察小溪，說明人不應否定自我價值，要能肯定自我，勇敢前進在人生的道路上。文章寫作若能多從大自然中取材，將大自然的啟發巧妙地寫進文章中，自然能讓文章富有意涵，豐富精采。

立刻到 171 頁挑戰寫作任務 2 吧！

人生滋味

人際相會

社會透鏡

時空感知

寫作
GPS

3

寫作就是思考

曾經，有人向宋朝大文豪蘇東坡，請教作文的方法，他是如此回答：作文切忌堆砌或陳腔濫調，首先要立意。蘇東坡以買東西為例，菜市場上百貨雜陳，但必須審慎挑選，根據菜色的主題，選用合適的食材，否則縱然是頂級佳餚，也容易因思考判斷不力，淪為大雜燴，失去了焦點。誠如大文豪所言，作文就該這樣，有了正確思考與立意，「落花水面皆文章」，春花秋月、經史子集，都可任由自己取材選用了！

要寫出好文，蘇東坡提到立意，且寫作尚須避免堆砌與陳腔濫調，就是不要人云亦云，落入公式。舉文章結尾一例，「結束了三天二夜的畢旅，我們都依依不捨，希望下次還能再到墾丁一遊。」相信這是多數人常運用的順勢結尾法，如何寫出不同呢？——觀察，透過觀察產生思考，呈現與他人不同的文句，好比加入色彩、聲音，進而呈現情感，達到「借景抒懷」。

將上句改寫一番，「三天兩夜的旅行，就此結束了，望著銀灰色的海鷗，金黃色的沙灘，伴隨著海浪潮起潮落，似乎也不捨我們的離去，墾丁，難忘的畢旅，將是我人生中，甜美的回憶！」經由對照，不僅字數擴展，同時也增加臨場感，讀來，令人有身歷墾丁之覺，彷如「詩中有畫，畫中有詩」，發揮聯想（思考）引起共鳴，呈現出不同風格的文章，其差異性，就在思考後的真實情感，與意見的表達。

但要如何培養思考力？

一、大膽行文，發揮想像

眼耳鼻舌身所感（摹寫），皆可增加情景，

來上一堂蘇東坡的作文課。

增強感染力，使文章意境（情懷）油然而生。如下新詩詠懷人物：

〈良弓藏〉周育丞

「拐子馬／鐵浮屠／何懼之！嚇得完顏小子哭喪離開。朱仙鎮，再那麼四十里，就是開封囉！丈八槍已直挺，哪裡來的十二道金，滿江紅的班師詔，大理寺的莫須有，天日昭昭／天日昭昭！知音不再，弦斷有誰聽？」

二、大量閱讀

透過閱讀，從中培養寫作中的詞彙、名言、素材等的建構，亦可運用於平日思考，活化創思。例如：「成功不是全壘打，而是要靠每天的、經常性的敲出密集安打。」將球賽成功之例，換成讀書之要領，好成績不是靠全壘打，而是敲出密集安打。如此運用在寫作上，嶄新的一句名言，且是自己創思出的，相當與眾不同喔！

三、把握練習，熟能生巧

「拳打千遍，神理自現。」此諺語是告訴習武者，要將武術中的招式，反覆不斷練習，自然能將拳法意涵展現出。同理，要寫出好文章，也要靠不斷練習，將每次的題目確實寫好，下一道題目可能就在先前的構思中。好比：

快樂的暑假→夏天最棒的享受。（96年基測作文）

班際籃球賽→可貴的合作經驗。（99年基測作文）

阿里山之旅→那一刻，真美！（97年基測作文）

上述所例舉，可做為平日自我訓練思考的模式，其實寫作過程中，「想通了，不怕；想好了，不難。」豐富的素材，縝密的思考，文章的真實意，自然渾然成「型」。

自由書寫

除了培養思考力，寫出精心組織的文章，有時不妨嘗試「自由書寫」。用個五分鐘，自由、快速、輕鬆地寫下任何想法，不要停筆也不要修改，想到什麼就寫下去，不用跟別人分享自己寫的，不必擔心錯字和不合邏輯，時間到了就停筆。經由這項練習，寫作的心理障礙是不是小了點？說不定還會出現好創意喔！

開始鍛鍊思考力！

雨中即景

金門縣金湖國中 國九 吳雨芊

佳作觀摩

雨中的景色何其繁多，作者獨鍾暮春之雨景，傾訴其神祕、靜謐，卻又富含蓬勃生機，其取材便可見其獨特性。

作者在文中運用觀察力與想像力，對於景色呈現出細緻的筆寫，並配合擬人、譬喻等修辭，讓文章更見感染力。

作者藉由閱讀，積累能運用在寫作中的名句以及素材，更以此點出人與自然一體之意境，展現與他人不同的創思。

暮春的細雨濛濛，是我見過最燦爛的美景。

春為一年之始，是最為戲劇性的季節，當花朵開得最熱烈、爭奇鬥豔之時，雨便淅瀝淅瀝的落了下來，遠方的山巒疊嶂也隨之被遮上一層薄紗，如神祕的吉普賽女郎，蒼穹是霧濛濛的，沒有雷雨的閃電交加，沒有傾盆大雨的震懾人心，它是靜謐的，溫柔如母親的呵護子女。大街小巷遍布著稚子的歡笑聲，清脆而悅耳。

在這雨霏霏裡，處處皆是生機蓬勃，在那碧綠之中，點點豔麗正吸收著天地賜予的精華，嫩綠的新芽悄然生長，搶著鑽出頭，接受雨水的滋潤。蒼天雖是一片陰霾，但底下的大地卻是生意盎然！待雨勢漸弱，便彷彿為樂曲中的尾奏，土地沉緩的呼吸，植物受洗禮後還帶著晶瑩的小水珠，比之前色澤更渾圓飽滿，更富活力朝氣。世界就如被輕柔洗滌過一般，褪去壓抑的氣息，穿上大自然贈予的新衣。尤其是那生命週期已滿的生物，在這雨中輾轉變為土壤的一部分，化作春泥更護花，那是多麼美的情操！縱然非身為繁盛錦花，也願當那肥沃大地之其一，為萬物付出，永不止息。

聽著窗外雨聲，每次我都克制不住拿起一把傘出門走走，街道上沒有匆忙躲雨的路人，沒有面露不悅者，多的是富閒情之趣之人。通常在這時候我都會收起傘，以身心體會大自然的歌頌，細細小雨是塵世的天籟，忘卻一切喧囂，與春天同在，與細雨同在。洪媽從曾在他的著作中提到：「人是唯一需要以衣蔽體、以傘遮掩的生物。」其餘生靈皆是直挺挺的接受

蒼天之禮，那我們人類何不呢？拋下種種桎梏，以最自然的姿態，面向那可愛小雨，伸出雙臂擁抱自然與天地，一如人最初和萬物共生一般。

　　在那細細小雨裡，我依稀聽見千百生靈的歌唱。雨依然淅瀝淅瀝的下，但我將自身融入其中，內心已是雨過天青之景——驕傲的直立著，在那雨中。

總評：

在眾多的材料中選取合宜的素材，向來不容易，需要不斷地練習與努力，本文藉由觀察生活中的雨景，思索人生的價值，而讀者在閱讀的過程中，也隨著作者歷經其內心的辯證，獲得砥礪自我處事的態度。閱讀〈雨中即景〉一文，似在細雨中，窺見那一抹大自然的翠綠，更顯出作者的慧心慧眼，只要我們善於觀察生活，運用自身的思考力，自然好文章便能信手拈來。

立刻到 174 頁挑戰寫作任務 3 吧！

人生滋味　人際相會　社會透鏡　時空感知

寫作 GPS

4

別做無感的人！

落花水面皆文章，觀察力放大鏡──善用摹寫

　　五感摹寫運用廣泛，除了實用性外，更能表現出真實的感受，透過摹寫的過程，我們可展現自我觀點。「摹寫」是指把對事物的各種感受，如聲響、色澤、樣貌、味道等，直接描寫。簡單而言，就是把看到的、聽到的、嚐到的、 聞到的、摸到的、皮膚感覺到的東西寫出來。五感摹寫包含：視覺摹寫、味覺摹寫、嗅覺摹寫、觸覺摹寫、聽覺摹寫。視覺摹寫泛指眼睛所看見的一切人事物，透過文字加以敘述。味覺摹寫是用文字的組合，說明味道，並增強味覺的真實性。嗅覺摹寫運用文字加以形容，多以形容詞揣摩氣味。觸覺摹寫是透過身體及觸摸過程的感知，描寫出感受。聽覺摹寫是摹寫人、事、物所發出的聲響，多以狀聲詞或透過聯想的方式形容聲音的形象。摹寫法如果使用恰當，將可增加文章的美感， 讓文字更活靈活現唷！

　　例如：

　　昨天數學課時，美美偷吃百香果口味的棒棒糖，當她吃著棒棒糖，糖果的香味四溢，害我也忍不住偷吃了一顆放在抽屜裡的糖果，含在嘴裡的糖果甜滋滋的，心情瞬間好了起來，壓根兒忘了數學課的苦悶，但正當我享受其中的甜味時，老師已經站在我們的座位旁，此刻的她用了獅吼功的音量，劈里啪啦訓了我們一頓，除此之外，她要求我們在下課時幫教務處發全校的抽查作業，此時的我真是後悔不已，但卻只能乖乖接受這樣的懲罰。我們做了一整天的愛校服務後，感到腰痠背痛，我摸了摸痠痛的腿，心裡想著：

真後悔吃了那顆糖果啊！為了逞一時之樂，卻要付出更多的代價，唉，我再也不會上課偷吃東西了！

　　開啟你的五感，靜心的感受，再將這些感受寫進你的作品中，一定能讓你的作品更生動、更能引起讀者的共鳴哦！

　　＊你知道上文用了哪些摹寫技巧嗎？

　　本文摹寫分析

摹寫方法	文中句子	解析
視覺摹寫	老師已經站在我們的座位旁	人物已移動至身邊，此為視覺
味覺摹寫	糖果甜滋滋	吃到甜味，此為味覺
嗅覺摹寫	香味四溢	聞到香味，此為嗅覺
觸覺摹寫	摸了摸痠痛的腿	摸到身體，身體的感受，此為觸覺
聽覺摹寫	劈里啪啦訓了我們一頓	使用狀聲詞，此為聽覺

漫遊者

十九世紀法國詩人波特萊爾（Baudelaire）觀察到，從現代都會中產生了一種漫遊者（flâneur），他們在人群中閒晃遊蕩，又和人群保持一定的距離，是疏離而精明的觀察家，在城市裡尋覓美感、反思文化。今天，來一場城市漫遊，將你的所感所思寫下來吧！

五感給我的禮物真精彩！

失去的曾經

臺南市黎明中學 國九 李嬉瑄

8th. 聯合盃 作文大賽
優等創意
2014 決賽

文章以視覺所見、觸覺所感、嗅覺所聞，引領思緒回顧過往，對照內心的愁思，以點出文題——過往的失去。

文章除摹寫外，亦善用類疊、譬喻、排比等修辭，讓文句更為優美，也讓文章意蘊更為深刻。

對照昔今，從自我的生命歷程，呈現人生物換星移的變化，從五感的體會，描述內心真實的感受，以及對人生的感嘆。

　　夜幕低垂，星空如水，點點的耀眼燦爛了繁華的世間，孤獨的風纏綣著烏黑的長髮，在指間跳動的是神祕抑或思念的糾纏，我看不清。不懂得繚繞撕扯的思緒究竟要將自己扯到何方，我閉眼，張開懷抱，任由強勁的北風將我單薄的身軀吹拂出一陣陣的顫抖，鼻間忽地聞到一股淡淡的薄荷香，綿密悠遠……。

　　曾經，我最喜歡在家前方不遠的一片小土地上蹦蹦跳跳。看那雲朵飄飄，柔軟恬靜的溫柔；聽那蟬鳴聲聲，熱鬧多重的煩雜；聞那綠草翠翠，堅忍不拔的生機，與那天光雲影，共享世間的閒靜自得，不論是一顆石頭的紋理，又或者是一片樹葉的脈絡，都能讓我宛如一隻鳥兒般的吱吱喳喳的說著許久。我總與幾個童年玩伴在那玩著捉迷藏、鬼抓人，每當夕陽西下、熱汗淋漓，卻也總捨不得回家去，總得父母再三叫喚，與其他孩童再三約定，才肯依依不捨的離開那片小地。深遠的記憶總是那麼鮮明，彷彿是昨日一般，在腦海深處不斷迴盪，總以為忘了，卻恍如伸手可及……。

　　忘了過了多久，時間好像一輛保持高速移動的列車，才一眨眼，就離自己太遠太遠，追不上除了人，也有心。當我不知不覺與同學的話題不再是玩捉迷藏、跳格子時，屋外的風景也日新月異的更新著，逐漸高築的大樓美觀的遮蔽了所有的蒼穹；日日增多的汽車華麗的裝飾了原本的簡樸的道路，曾幾何時，我忘了蟬鳴的交疊，青蛙的吵雜，不懂得的是愈漸繁華的世間，竟覆蓋了我的世界、黃昏夕照、縹緲柔和、清風花香、恬靜人心，當有一日，驀地我回頭看去，

記憶依舊清晰，依舊歡聲笑語溫暖心底，卻是一片滄海桑田，物換星移的無奈佇足。

　　睜眼，我與風共同低吟淺唱，目光中荒亂的小地早已不是腦海中曾經的模樣，小時的好友們各奔東西，是無奈、是孤獨、是感嘆、愁思不斷、失去的，從不只是眼前曾經的樸素自然，還有兒時歡笑，童年的心依所在⋯⋯。

　　這世界，變得太快⋯⋯。

立刻到 174 頁挑戰寫作任務 4 吧！

總評：

人生的失去與獲得永遠無法獲得平衡，也因此，人只能在失去中，珍惜所擁有的事物。本文從對兒時回憶的愁思，對應現今社會的變遷，白駒過隙，景物早已大不相同，因而感慨萬千。

運用五感進行摹寫，是讓文章增進美感的法門，也是提升寫作表現的訣竅，其能表現作者真實的感受，並藉以陳述作者的想法讓讀者知曉，因此，妥善運用五感是練習寫作的重要步驟。

寫作
GPS

5

你知道聲音要
怎麼寫嗎？

空山松子落

「空山松子落」，聽得到嗎？

韋應物的〈秋夜寄邱員外〉中，「空山松子落」一句意境清雅微妙，松果掉落如此微弱細小的聲音，竟為全詩畫龍點睛之處！我們是否也能善用聲音豐富、活絡文章？

在國中的寫作測驗中，不外乎要求同學依題敘述自我經驗、感受，但是如何使所述情景鮮活呈現？「聽覺摹寫」可幫上大忙！其常見方法有以下三種：

一、運用狀聲字詞描寫聲音：將所聽聞的聲響以狀聲字詞表現，讓讀者如聞其聲。

直述句	我獨處於客廳，四周非常安靜。
加入狀聲詞	四周是如此的靜謐，我獨處在一樓的客廳，計畫著今日的行程。手錶「滴！答！滴！答！」的響著，它的節奏像極了我「噗通！噗通！」的心跳聲，遠處的冰箱哼著沉穩的旋律，電熱水器也開始暖和它內部的水分子，裡面正在進行一場暴動，發出「咕嚕、咕嚕」的抗議聲，要求我去放他們自由。

例句二摘錄自心測中心公布國中教育會考寫作測驗預試試題「獨處時」範文，作者以狀聲詞描摹聽聞之聲，藉此呈現獨處樂趣，不僅說明了「靜觀自得」之體會，也具「蟬噪林愈靜，鳥鳴山更幽」之效，為文章特出之處。

二、運用形容詞描寫聲音：聲音的旋律、音

質、大小、長短、高低……，給人的感受各不相同，狀聲字詞難以明確表現這些特色，此時形容詞便可派上用場。

直述句	我試著彈奏起新樂曲，很好聽。
加入形容詞	我試著彈奏了起來，優美的樂音從我的指尖流洩而出，柔美的旋律在琴房環旋許久，如此的淡雅，又帶有一點哀愁。

例句二摘錄自心測中心公布試辦國中教育會考寫作測驗試題「從那件事中，我發現了不一樣的自己」範文，作者以「優美的」、「柔美的」形容琴聲，以「淡雅」、「哀愁」形容自己聽到琴聲的感受，此般聲情交融景況，若僅以「很好聽」一言蔽之，就顯得草率粗略了。

三、運用譬喻、移覺描寫聲音：透過聯想比喻、通感移覺技巧表現聲音特色，能使聲音具象化，亦可增添文句意趣。

直述句	我和朋友一同玩樂時，嘻笑聲總是不絕於耳。
加入譬喻、移覺	我和朋友一同玩樂時，那嘻笑聲有如絢爛煙火，在夜空中綻放出繽紛的五色花朵。

例句二將「歡樂的嘻笑聲」比喻為「夜空中五彩繽紛的煙火」，以視覺的「鮮豔多彩」形容聽覺的「熱鬧歡愉」，貼切地展現嘻笑聲富於熱情、活力之特色。有了以上方法，欲將抽象的聲音化為具體有趣的文字即非難事，但最重要的仍是——必須用心傾聽生活！

「空山松子落」，你聽到了嗎？（會考範文出自「國中教育會考」網站 cap.ntnu.edu.tw）

聽覺摹寫練習

練習運用狀聲字詞、形容詞和譬喻、移覺三種方法，描寫你今天聽到最特別的聲音吧！

沒想到世界上有這麼多種聲音！

尋靜

台南市善化國中 國九 蘇芷萱

急促的腳步聲、閃爍的霓虹燈、窒息的空間，一切竟是如此的絢爛，而令人眼花撩亂。

高樓築起，囚禁了一塊、一塊零散而顯狼狽的天空。我所仰望的，竟是黑的深邃的天。我的蒼穹呢？我的湛藍呢？柏油舖下，抑住那奄奄一息的土壤。我所踏下的，竟是如此硬實的無情之物，我的大地呢？我的翠綠呢？

劃過耳際的車鳴，在這雜塵的世界，鋒利的切開一道縫隙，流淌著不屬於世界該有的喧囂。低頭踢著小石子，走在不自然的道路上，就連一口清新的花香，也是奢侈。厭倦這炙熱的燈光，赤辣的在額上打滾；厭倦這耳鳴的呼嘯聲，胡亂的在神經中逃竄。開始渴望——那火吻般的豔陽，那銅鈴般的蟲鳴。內心悄悄滾燙著，沸騰那一鍋的奔走。

試著閉上眼，沐浴在金粉糝下的稻田中；試著放鬆眉頭，迎接自群林的香精；試著邁開步伐，尋找一個「靜」。落腳在山腰中的爺爺家，是過了不久以後。就因那達沸點的心，如此莽撞的奔開，撞得我頭昏。茶煙飄颺而去，綠茶的梗心還沉浮於茶水中。此刻的我，是否也如茶梗般的溫情而放鬆呢？爺爺帶我深入山林，一路崎嶇，但腳下的碎石、殘花、落葉，也總比那呆板的柏油來得有情。止住腳步，眼前的小溪，竟是如此澄澈而令我驚嘆不已。爺爺對我招了招手，我跳過幾叢雜草，一屁股坐下。爺爺說：「閉上眼、放鬆眉頭，靜靜的聽聽看有什麼？」有鳥囀迴盪山谷之間，有淙淙流水聲沖刷綠苔。還有……，我那顆頻

作者藉由對都市中的喧囂，以及內心的哀鳴進行描寫，反襯鄉村中之靜謐，為「尋靜」之旅的必要性進行鋪陳。

以對聲音的描寫，凸顯出「靜」的純粹，並從生活中萬事萬物的細微聲響，領略心靜的真諦，勉人靜心傾聽。

率一整的心，靜靜的打著它的拍子——勾起我一抹微笑。

　　就靜坐在溪畔邊，渡過了大半下午。連深處的靈魂，也差點隨風而去。心裡全是踏實、全是舒暢，但眼看天色漸暗，我爺孫倆起身，拍落褲子上的葉片，頂著醉醺醺的夕陽，漫步回家。

　　入睡以前，還不忘大吸一口窗外的清新。那晚，我睡得甜，我的心——尋了個靜。

本文以今昔對照，訴說對過往生活的懷念，也帶出祖孫之情，對靜的響往，也參雜入對於親情的思念和渴望。

總評：

靜無處而不自得，無論身處都市、鄉村，心靜，處處皆是桃花源。本文以「尋靜」為題，告訴讀者要用心傾聽生活，用心傾聽「心」的需要，無論是對生活品質，亦或親情的渴望。

很多人常困惑如何讓文章生動，只要能觀察生活，聆聽生活，運用狀聲詞、形容詞、譬喻、移覺等方式，以文字將其描寫下來，自然能活絡文章，聲情交融，讓生活情景鮮活呈現。

立刻到 174 頁挑戰寫作任務 5 吧！

寫作 GPS

6

日出江花紅勝火，春來江水綠如藍——視覺摹寫

「日出江花紅勝火，春來江水綠如藍」，好一幅春日江邊美景！詩人白居易在〈憶江南〉中鮮活描繪江南春色之美，以鮮明絢麗的色彩勾勒眼前所見勝景，使讀者獲得視覺上極大滿足與享受。我們在寫作時，也可以仿效白居易，藉由加入「視覺摹寫法」，達到此般效果唷！

在寫作時，「視覺摹寫法」運用範疇甚廣、方法簡單，不論「繪景」、「狀物」、「寫人」皆可活用其中，只要描寫出所見景、物、人之形貌、色彩等特徵，欲使文章活靈活現便輕而易舉。

一、繪景

直述句：傍晚雲彩很美麗。

加入視覺摹寫：日頭將落下那一邊天空，還剩有無數雲彩，這些雲彩阻攔了日頭，卻為日頭的光烘出炫目美麗的顏色。這一邊，有一些雲彩鑲了金邊、白邊、瑪瑙邊、淡紫邊，如都市中婦人的衣緣，精緻而又華麗。（出自沈從文《邊城》）

雲彩最吸引人之處，莫過於它的五彩斑斕、光彩奪目，若僅以「很美麗」形容之，讀者如何體會雲彩之美？不如具體描摹雲彩繽紛綺麗的色彩——鑲了金邊、白邊、瑪瑙邊、淡紫邊——讓讀者也能一睹它的瑰麗多姿！

二、狀物

直述句：刨冰看起來真好吃。

你到底看到了什麼？

加入視覺摹寫：這些刨冰的添加物，像四果、粉圓、仙草、愛玉，或色彩鮮豔、或澄澈剔透、或方塊結晶，看起來都足以奪人眼目，令人愛不忍吃。（出自古蒙仁《吃冰另一種的滋味》）

例句二明確描寫出刨冰配料誘人的形貌，「或色彩鮮豔、或澄澈剔透」屬色彩描繪；「或方塊結晶」屬形狀勾勒，寫出刨冰配色鮮豔、結晶剔透的外觀，如此才能真切呈現刨冰「看起來」的美味。

三、寫人

直述句：這位原住民男孩十分純樸。

加入視覺摹寫：湛黑而清亮的眼眸真誠流露出對陌生來客的好奇與欣喜，修長濃密的睫毛如蝶般顫動，這是一位土生土長的原住民男孩。然而，映在他澄澈眸子中的，卻是我這都市人驕傲而睥睨的醜陋模樣。（〈從那件事中，我發現了不一樣的自己〉六級分範文，出自「國中教育會考」網站 cap.ntnu.edu.tw）

例句一僅以「純樸」形容這位原住民男孩，然而「純樸」是何樣貌？讀者心中自是滿腹疑惑。例句二透過「湛黑而清亮的眼眸」、「修長濃密的睫毛如蝶般顫動」、「澄澈眸子」刻畫出原住民男孩深邃的眼部輪廓，以及清明誠摯的眼神，這位男孩「純樸」之貌才見清晰具體呀！

若能善用「視覺摹寫法」這枝彩筆勾繪出景、物、人之形貌、色彩等特徵，方可予以讀者如睹其人、如歷其境的生動畫面，創作出「日出江花紅勝火，春來江水綠如藍」此般視覺鮮明的作品，又豈是難事呢？

視覺摹寫練習

練習摹寫今天看到的某個景、物或人，你能不用「很美麗」、「真好吃」這類形容詞語嗎？

假如不用「很美麗」、「很好看」，還可以怎麼描寫所看見的事物呢？

尋找美的旅程

台北市中正國中 國九 吳寧軒

本文運用摹視法書寫景物，藉由色彩的描繪，呈現出「美」的景色，配合譬喻、轉化、誇飾等方式，增添文章的風采。

　　美的種子隨風飄飛，在世界的角落中萌芽，是在潺潺的水流邊一片的蓊鬱，徜徉在自然的懷抱中；是身邊好友臉上勾起的一彎弧，享受在溫暖的氛圍中；是讚嘆事物而露出虔誠之容的人們，沉浸在曼妙的磁場中。當我們站在雲端上似神的高度一覽這個世界，妳就能去尋找美的微笑。

　　乘著風，化為天上自由之鳥，鳥瞰名為美麗之島的臺灣尋找美。龜山島神似追求夢想的旅人，漫遊在波光閃爍的汪洋之中，朝著夢想的萬丈金光，力求達到成功的彼岸，她彷彿在問我，妳是否在夢想的路途上放手一搏？嘉明湖的澄澈眼眸望著我，一身映著神祕的藍，是寧靜而使人虔誠，她彷彿在提醒我，妳是否以澄淨的心去看塵俗，而淡然忘了煩憂？青翠的稻田，一陣風吹起了萬樣姿態，一次彎腰而後跳躍，舞出了清香的浪花，她彷彿在叮嚀我，妳是否以柔軟的姿態去面對看似灰暗的困難，而後舞出更動人的顏彩？隨著花蓮田中的腳印飛翔，那一步一步似臺灣所邁出的步伐，以求走去更美好的未來，她們彷彿提點了我，妳是否踏出為自己奮鬥的一小步？我所尋找的美在層巒疊翠之間，在澄澈眼波之間，在金璨哲理之間。

作者描寫人物時，增添視覺觀察，細膩地描繪人物的舉止、行為，並運用豐富的想像，更能展現人文之「美」。

　　乘著風，化為天空自由的雲朵，俯瞰盈滿活力和親和力的家園——臺灣。農民們彎著腰像大地之母祈求一季的豐收，流下辛苦的汗水澆灌著視為寶物的作物，滿手厚繭的手向我揮舞著，勾起的一彎弧是純樸的力量溫暖了我。龍山寺中虔誠拜拜的人們，閉上了雙眼，手上的香化為一道乳白色的光束連貫天地，祈

禱著健康、平安，橘黃色的是那份真誠。玉山山頂上，一群臺灣童聲合唱團的原住民高唱拍手歌，銀燦光輝閃耀著，為了讓世界聽見玉山在唱歌的夢想而高歌，拍手鼓勵所有的生命，繫在他們優美的音韻中向希望奔馳，在中華民國國旗的搖曳中，馳騁於他們裝飾在空中的旋律，跟著音符的旋轉以及跳躍，高唱我們對臺灣的驕傲。我所尋找的美是樸實的努力，是虔心的祈求，是對臺灣的榮耀心。

乘著風，踏著風的足跡去尋找美，美存在於所有的角落，只是缺少發現，她總是向我們招手微笑，像施放五彩的煙火般，紅色的熱情、橙色的溫暖、黃色的活力……，永遠綻放驚奇的色彩，蘸飽自己的想法，在世界揮灑豔麗的作品，讓人們一再去踏上旅程，尋找她留下的璀璨。

結尾呼應文章首句「美的種子隨風飄飛」，文末以乘風追尋美的足跡，鼓舞讀者邁開腳步，踏上尋找美的歷程。

總評：

美是生活中令人喜悅的美好，本文分別從「自然」與「人文」中進行觀察，說明「美」無處不在，俯拾即得，但仍需細心觀察、用心體會，方能獲得「美」的體驗，也期勉讀者追尋「美」，享受美的生活。

寫作文章時，進行景物或人物的描摹，為使其令人留下深刻的印象，可運用細膩的觀察力和豐富的想像力，在文句中添加色彩，並結合修辭，這樣一來，便可讓作品更為生動精采。

立刻到 175 頁挑戰寫作任務 6 吧！

人生滋味　人際相會　社會透鏡　時空感知

每天握著手中的筆，觸感如何呢？

觸摸，用心去感受

　　觸覺，是肌膚所感受到的感覺。觸覺不像視覺，可以帶給我們五彩繽紛的光色感受；也不如聽覺，帶給我們高低起伏的聲音饗宴；更不如味覺，能給予我們酸甜苦辣的味蕾刺激。但只要用心體會各種物品所帶來的觸感，便能藉由觸覺更深刻瞭解這個大千世界。

　　觸覺摹寫要如何寫得更好呢？除了描寫所感受到粗糙、光滑、柔軟、堅硬之外，也可以適時加入修辭技巧，來深化觸感的書寫。張愛玲〈沉香屑：第一爐香〉曾經這樣形容溼熱的潮氣：「叢林中潮氣未收，又溼又熱，蟲類唧唧地叫著，再加上蛙聲閣閣，整個山窪子像一隻大鍋，那月亮便是一團藍陰陰的火，緩緩的煮著它，鍋裡水沸了，滑嘟滑嘟的響。」（出自《傳奇》）在這段文字中，不僅用了觸覺「又溼又熱」來形容潮氣，還運用了譬喻手法，將「溼熱的山窪」比喻成「一隻沸騰的大鍋」，讓讀者更能想像、體會溼熱的感受。因此，若能多運用譬喻、轉化、排比等修辭技巧，便能更靈活呈現觸覺的描寫。

　　我們來看看以下這個句子，加入修辭法後，所表現觸覺摹寫的變化：

原句：撫摸著行道樹的枝幹，感覺很粗糙。	
加入譬喻法	撫摸著行道樹的枝幹，粗糙的感覺有如乾裂的橘子皮。
加入轉化法	佇立在街頭行道樹，我用手輕輕地撫摸著他的身軀，他以粗糙的紋路回應我的手心，訴說歲月在他身上留下的烙印。

加入排比法	雙手輕撫行道樹，粗糙的樹皮，記錄了風吹雨落的烙印；堅挺的枝幹，刻劃了高風亮節的志氣；軟嫩的青葉，展現了朝氣蓬勃的春情。

發現了嗎？當句子加上了譬喻法、轉化法、排比法等修辭技巧後，觸覺的描寫也更加生動精彩！現在換你試試看，請試著為「一株帶刺的玫瑰」加入修辭，讓觸覺摹寫更鮮明立體喔！

觸覺摹寫練習

試著運用譬喻、轉化、排比法，書寫你的校園觸覺之旅。

原句：一株帶刺的玫瑰，摸起來刺刺的。	
加入譬喻法	
加入轉化法	
加入排比法	

經過了簡單的練習之後，你是不是也覺得把「觸覺摹寫」寫得精彩，其實一點也不困難呢？可以試著走進校園，觀察校園中的一花一葉、一草一木，用雙手去觸摸、用心去感覺，用觸覺摹寫來紀錄校園裡的春情春意。只要用心感受、仔細體會，便能聆聽大自然想對我們訴說的情話，書寫大自然美麗的風情。

來探索觸覺的世界吧！

佳作觀摩

轉彎

新北市溪崑國中 國九 陸宣涵

蜿蜒曲折的小徑在眼前無限延伸，彷彿永遠不見盡頭，蓊鬱的綠意圍繞著自我。仰頭，扶疏的枝葉刻意伸出雙臂，遮擋了那蔚藍的蒼芎，不見天日的恐懼，蒙上了心頭，我望向前方，看見了轉彎。

如同在黑暗世界中終究尋獲明燈，我拋下身旁向我招手的小野花，拋下一旁對我問好的枝上鳥，用盡全力奔向前方彎道，心中點燃了希望之火——我將會看見那散發恩澤的暖陽、將會看見無邊無際的藍天，期盼的火光在心中爆出一串串期盼的聲響……。

然而，彎道背後卻仍是那片濃綠。

一陣冷意襲上心頭，映入眼簾的，是一叢叢布滿尖刺的荊棘。參天的古木阻擋了其他道路，一片針葉被冷風逼了下來，劃出一道繁複的軌跡，旋轉、降落，毫不留情地扎進心裡。眼前卻是筆直的小道，沒有轉彎，沒有令人振奮的，轉機。

我硬著頭皮，心中尚存一絲巧遇彎道的機會，踏入那充斥著尖刺的煉獄——墨綠的針狠狠地沒入皮膚，鮮紅的血滴伴隨著熱辣辣的疼痛，火燒一般的傷痕烙上了年輕的軀體，留下血的印記。遠方的林木間傳來野狼的低嚎，我拚命地向前走，畏懼似把心中那把火給澆熄了，留下害怕的灰燼。我捂住耳朵，因為再也聽不見從前婉轉清亮的鳥語，只有古木背後野獸的嚎叫，本以為顫抖的雙手能捍衛懼怕的心靈，然而，心底卻響起一個空洞的聲音……。

——放棄吧，前方再也沒有轉彎，這條道路不會有轉捩點，放棄吧……。

藉由觸覺描寫，深刻地敘述遇到的苦難與傷痛，呈現出作者內心的脆弱，以及渴望救贖，卻又不可得的心情。

我拚命地搖著頭，但那聲音卻又激起更大的漣漪，幾近絕望我又踏出一步，碎石子又在腳底劃出傷疤，如同千斤重般的吃力，我覺得自己再也走不動，不會有轉機的……。

然而，前方卻又出現一個彎道。

如同得到上天的眷顧，我拔足狂奔，顧不得腳上的疼痛，心中的灰燼復燃……。

轉彎，我擁抱一整片藍天。

小河唱著輕快的歌，在林木旁轉了一個彎，陽光灑在身上，予我溫暖，予我期盼的雀躍，原來世界，只要堅持到最後終有轉機。

小河拐彎背後，又是怎麼樣的大千世界呢？我輕笑，載著希望，轉彎。

立刻到 175 頁挑戰寫作任務 7 吧！

作者藉由「困厄—期待—落空—再次心懷期待」的歷程，營造全文的跌宕起伏，也配合文題「轉彎」的期待與困境，凸顯出全文文旨。

作者運用轉化法，將自身比擬小河，在這蜿蜒的人生路上，雖然誰也不知下一個彎道後，將迎向怎樣的世界，但心懷希望便能有所改變。

總評：

人生道路有喜有悲、有苦有樂，不可能一路順遂，盡如己意，因此，在面對人生的苦難與挫折時，不可輕言放棄，本文說明堅持的重要，要心懷希望，轉機終在前方。

觸覺在五感中的運用，可協助我們更深刻感觸這個世界，運用在文章中，更能展現寫作者對於生活的感知，配合譬喻、轉化、排比等修辭技巧，能讓文章情景的描寫更為寫實。

人生滋味

人際相會

社會透鏡

時空感知

寫作
GPS

8

閱讀怎麼提升
寫作力？

如何「閱讀」出滋味

當詢問說怎樣才能讓自己的文章寫得更好，常常會得到「多閱讀」的答案，但，怎麼樣才叫「多閱讀」？這是很多人的疑問。

從閱讀與寫作的理論與歷程來說，許多研究都指出，「閱讀」與「寫作」在認知和語言上，有著相互獨立卻又相關的關係。「閱讀」是「書面符號」到「思想內容」的轉化；「寫作」則是「思想內容」到「書面符號」的表達。同時在閱讀與寫作時，人們身為「讀者」和「作者」的角色，也是不斷在交錯變換。

不過許多研究也指出，提升閱讀表現未必能增進寫作能力，著重寫作能力的改善，也不一定會有助閱讀的表現。所以，閱讀了很多書籍，文章並不會就此寫得比較好，因為閱讀與寫作需要進行結合，才能互有助益。也就是有效進行閱讀，將閱讀的內容引導進入寫作的文章中，自然能協助寫作表現獲得提升。所以在閱讀時，如果持續並廣泛閱讀作品，並在閱讀時思考與筆記摘要，閱讀後與人回饋和分享，自然能閱讀出不同滋味，而對寫作文章有所幫助。

一、廣泛閱讀並持續

我們要培養閱讀的興趣與習慣，因為閱讀能提供人們不同的經驗與智慧，新聞、雜誌、小說、散文、科普作品等都可以是你閱讀的類型，而且當你廣泛進行閱讀，你的視野便會隨之擴大，因為每一種類型的作品都能提供你不同的新知與感動，能幫助你在面對多元的文章寫作時，信手捻來，便都是可以發揮的材料。也因此，制訂閱讀

計畫，是提升寫作能力的要務。

二、筆記摘要與思考

閱讀如果單純只是「看過」，對於寫作來說，並沒有什麼幫助。因此，當你讀到吸引你興趣的內容，要思考這些資訊在寫作什麼題材的文章可以用到，並將它記錄下來，當下次寫到相關主題的文章時，便可以妥善進行運用。所以，在閱讀時，進行筆記摘要是重要的一種閱讀策略。同時，在閱讀的過程中，你不只是讀者，你還要站在一個作者的角度來思考，原作者寫作的意圖是什麼？他是如何進行文字表達？而自己呢？如果自己是作者，在表現這樣的題材時，自己會怎樣來書寫呢？這些都是在閱讀時，不可不思考的重點呢！

三、與人分享和回饋

在閱讀時，如果自己能尋找到閱讀同好或參與讀書會，便可以將讀到覺得有趣的內容，或是自己對議題的相關看法，和他人進行回饋與分享。口頭表達是一個重要的過程，在清楚陳述的過程中，也在鍛鍊我們邏輯思考和表述的能力。而在與人分享的過程中，自己對於閱讀的內容會有更深入的理解，也能聽到別人不同的意見，增進思考的廣度和深度。同時，有同伴一起閱讀，也會增加自己持續的動力，相對來說，也會讓閱讀更有趣喔！

筆記法

你聽過康乃爾筆記法嗎？這個方法將筆記紙分成「筆記欄」與「複習欄」，優點是可免去上課筆記重謄的工夫，還可以利用筆記做有效率的複習。同學不妨上網搜尋「康乃爾筆記法」，看這個方法對你是否有幫助，你也可以用這個方法製作閱讀筆記，在「筆記欄」記下閱讀摘要與心得，在「複習欄」思考材料運用方式。試試看吧！

> 朋友的閱讀心得真是令人驚喜！

佳作觀摩

流年逝去

雲林縣正心中學 國九 陳雅涵

8th 聯合盃 作文大賽
優等說服
2014 決賽

文中關於「時光」，掌握住「易逝」的聯想原則，運用了許多具象或抽象的形容，讓文章的意象更顯豐富。

作者藉由廣泛閱讀，獲得許多不同的想法，羅列於文章中，更可見出作者藉由閱讀所得到的成長，也增加文章的內涵。

每個人在閱讀後，都會有著不同的理解，作者在此以過往的閱讀體會，陳述出對《紅樓夢》的詮釋，讓讀者對文章的印象更為深刻。也表達出閱讀可讓時間的流逝充滿意義。

　　時光的列車，乘載著古今中外的悲歡離合，只留下好的與壞的記憶。它，如林中一泓清泉般柔緩逝去；抑或似同波濤大海，湍急似箭倏忽而過。

　　「濯足急流，抽足再入，已非前水。」那些悲愁、那些歡愉，時間會慢慢沖走，我們只能不斷前進，拓印了今日的惆悵，還有新的明日，正因時光一去不復返而彌足珍貴。「確立夢想，便只兼顧前程風雨」，人生苦短，要即時行樂，梅花美豔動人，正因為它經歷風霜，而人們實現夢想，也要經過磨練，用苦難灌溉的果實，最甜美。

　　我不想讓時間如流沙般散落消失，即使有閒適的時間，也要充實填滿，因此我熱愛閱讀，暢遊書海，有著從古至今人們的燦亮人生，也有苦不堪言的戰爭歷史，抑或使人生充滿希望的勵志美人以及詩人嘔心瀝血的巨作，都讓人為之動容。在靜謐的午後，拿著書本，感受李清照的「簾捲西風，人比黃花瘦」的思愁，感受李白「對影成三人」飲酒作樂的孤寂，我願當孟浩然的知音，讓他不再有「欲取鳴琴彈，恨無知音賞」的感嘆。

　　閱讀的時候，我也喜歡幻想，想著自己伴隨著蘇軾，在「水光瀲灩晴方好、淡妝濃抹總相宜」的西湖賞玩。每個人的觀點都不盡相同，《紅樓夢》是一本膾炙人口、廣為流傳的小說，有人看見了封建制度的悲淒，有人看見了兒女之情的感動，而我則是單純享受曹雪芹著書時的心情，才能書寫如此好看的書。我們可以讓時間逝去得不明不白，也可以利用時間讓生活變得充滿希望之光，一切操之在己，時間只會循序

漸進。

　　時光流逝，回憶散落似沙，有的日久彌新，深深烙印心頭；有的卻模糊，不知道在哪一節列車中遺落了，也許經歷了世態炎涼，才能演繹出人生的酸甜苦辣，正因有風有雨，才乘載著生命的厚重，有得必有失，失去的便已逝去，我們能再創造回憶，用樂觀的態度把握時間，用這些新的舊的記憶拼圖，拼湊出一段，屬於自己的故事。

立刻到 175 頁挑戰寫作任務 8 吧！

總評：

本文論述人生難解的時光飛逝難題，作者藉由閱讀，得以面對時間流逝的遺憾，也鼓勵讀者，縱使時光荏苒，仍應樂觀面對。同時本文善於運用修辭，讓文章更具美感。

如果希望自己寫作出好文章，閱讀的習慣絕對少不了，因為書本的世界裡蘊含有豐富的知識，我們在閱讀的過程中，自然會有著許多素材可供我們在寫作時使用，適時地將這些材料整理歸納，才能在重要時刻派上用場。

人生滋味

人際相會

社會透鏡

時空感知

公開大詩聖的小撇步。

讀杜詩，學創作

對於國、高中來說，「古典詩」除了考試之外，是否有貼近時代的脈動、走入現代生活？這應該是最引人討論的話題。近來的作文考試題目與題型已漸趨生活化與日常化，考生必須寫出日常中的感悟與啟發。其實，古典詩藏有豐富的寫作技巧與智慧體驗，對於寫作更有莫大的幫助與意義，讀完這篇文章後，你會發現「原來我離古典詩這麼近」，所以趕快來「讀杜詩，學創作」吧！

杜甫教我們的事（一）：在生活中找尋創作靈感

杜甫是盛唐著名詩人，也是一位書寫日常生活的絕佳代表，他擅長描繪生活中的微物、記憶、人情，找到源源不絕的創作靈感，我們常常會有找不到寫作題材的時候，這時不妨看看知名詩人的句子與佳作，或可提供給我們一些創作的靈感，如杜甫：

1. 微物——「隨風潛入夜，潤物細無聲。」〈春夜喜雨〉

2. 憶——「叢菊兩開他日淚，孤舟一繫故園心。」〈秋興八首〉其一

3. 情——「何時倚虛幌，雙照淚痕乾。」〈月夜〉

首先，談夜雨中的聲音，「微物無聲」的春雨潤澤了大地；接著，是寫詩人對家鄉與京城的懷念，也寫出了自己的漂泊無依；最後，遙想妻子的「人倫常情」，表現夫妻之間的摯愛。這些都是日常生活中看似平淡無奇的素材與記錄，但杜甫卻能深刻感受生活體驗，並用精準意象的語句寫出深厚的思想、內蘊的情感，因此，杜甫教

導我們，先不要懼怕寫出「日常的事物」，只要你用心觀察、體會，任何題材，都可以成為專屬於你自己的獨特文字。

杜甫教我們的事（二）：寫作技巧的演練

那麼，杜甫詩中提供給我們哪些寫作技巧以及創作靈感呢？此處可分成三點：色彩運用、空間美學、自然觀察。同時，我們也羅列出學生藉由此三種技巧，演練的實際成果，如表所示：

詩句／詩題	寫作技巧	學生創作
兩個黃鸝鳴翠柳，一行白鷺上青天。〈絕句四首〉其三	色彩運用	有著白色、淡藍色的羽毛；有著青綠色的背及淺綠色的腹部；一隻體型最小又帶有紫色的藍毛鸚鵡。〈詠鳥〉
何時眼前突兀見此屋，吾廬獨破受凍死亦足！〈茅屋為秋風所破歌〉	空間美學	相較古代茅屋與現代化的都市，日常景象中，也有著貧富不均的現象。〈詩歌續寫〉
自去自來樑上燕，相親相近水中鷗。〈江村〉	自然觀察	杜甫是一位善良的人，燕子與鷗鳥都喜歡與他親近互動。〈我最喜愛的唐詩〉

學生轉化了杜甫詩中的「色彩」、「空間」、「自然」的寫作技巧，將生活中的體會，做了延伸與發揮。善用古典詩中的寫作技巧，每個人都可以像杜甫那樣寫出精彩的句子。

閱讀古典詩，學習寫作技巧，你準備好了嗎？

超越杜甫

精彩的唐詩對後代是資產，卻也是巨大的陰影，你要如何超越杜甫呢？宋代作家的突破之道，其一便是發揚「禁體物語」（白戰體），大意是描寫某物時不得用常用的字眼，如詠雪不用玉、月、犁、梅、練、絮、白、舞等，或是限制詩中一定要用某些字。這週寫作時，嘗試不用某些常用字，說不定就可避免老生常談，展現創意！

從小技巧到大寫手，就是我！

佳作觀摩

剎那的美好

新竹縣寶山國中 國八 陳姮安

9th 聯合盃 作文大賽 第四名 2015 初賽

文章以設問法開頭，引起讀者的好奇，同時文章在勾勒剎那美好的回憶時更換段落，進而引發讀者對下文的期待。

　　是什麼，像一隻翩翩彩蝶，在心頭上起舞？是什麼，像濃醇的巧克力，包覆住我的大腦？是什麼，使我如此留戀，好似個忠心誠懇的教徒，不斷歌詠它的美？細細地勾勒出那段回憶，那剎那的美好……。

　　那晚，是外出旅遊的時候。夜晚悄悄地拉上暗色布幕，靜謐的氛圍不免讓人感到安心，就像被抱在懷中一樣，我閉上眼，睡了。但不久後，我又醒來了，現在什麼聲音都沒有，只剩時鐘有規律的「滴噠滴噠」，陪著我這雙有些突兀的大眼。窗戶看出去，是一片漆黑，不對，雜著點丈青……，我開始注視著天空，觀察五顏六色的變化和更迭。慢慢地，我發現深藍色取代了黑夜，扣披上一件藍寶石鑲滿的衣裳。那種改變突如其來，讓我措手不及。

藉由對「天空」的觀察，由晚到早的時間轉變，以不同色彩的描述，呈現出大自然的美好，作者不但能觀察出顏色細微的差異，並予以描述，讓人一同領略自然風光。

　　天空詭異多變，美麗深邃的藍衣丟了，換上寶藍色的運動衫，急著去追尋陽光，我想到夸父追日的那般衝動，但我認為這其中還是有些不同的地方——天，是抓得到太陽的。莞爾一笑的剎那，蒼穹突然被魚肚白的光芒蓋過，寶藍色運動衫彷彿褪色了般，洗滌成潔白的上衣。我在這剎那中能做的事不多，只能眼巴巴望著日出美景灌進我的視下丘，最後如錢塘江大潮，沖到腦部最深處，用力地壓縮、保存著。

作者由「破曉」的景色觸動心懷，遺憾好景不常，進而體悟出「剎那即是永恆」的人生觀，讓生命由此圓滿。

　　看見破曉，我來不及想太多，但心靈已不知不覺被感動，那可是帶來新的一天的泉源！但讚美之後，我開始感嘆日出的短暫。有句話這麼說，「美的事物總是消逝得特別快。」不過仔細轉念一想，日出帶來了更生，萬物甦醒，大地一片盎然，樓下的小販又傳來充滿朝氣的吆喝……。如果我不斷因美景消去而感

到遺憾，那我豈不是毫無心情去觀察不一樣的一番美景——日出後的嶄新？人生也是如此，一剎那可以帶來感動，但也可以造就成遺珠之憾。如何將一剎那化為心靈中的永恆、如何跳脫一剎那的囹圄，是生命中的一大課題。

那剎那的美好，帶給了我無盡的思索，對生命也有了一番體悟。我不會忘記日出剎那的美好，我會輕輕梳理這段回憶，小心翼翼地用信封包好，安穩地，躺在腦海中。

一顆明亮的太陽，在我的心中昇起。

立刻到 175 頁挑戰寫作任務 9 吧！

總評：

日常生活中常隱藏著許多素材，等待著你去發掘和體會，本文作者觀察天空中景色的變化，體悟出人生的道理，以智慧的雋語論述出「剎那的美好」，文筆優美清新，內涵深刻。我們在生活中要時常運用觀察能力，尋找創作的靈感，同時，藉由體會自然事物在時空間中的變化，運用色彩進行描繪，讓寫作的文章更為生動自然。

人生滋味

人際相會

社會透鏡

時空感知

聽首歌，學寫作。

古典詩詞與流行歌曲的對話

「什麼！流行歌曲可以提升寫作技巧？」這是學生常會發出的疑惑與不解。事實上，古典詩詞與流行歌曲均強調格律、聲調、意境、情感與思想。兩者的結合與碰撞，對於「寫作技巧」會有何火花與激盪呢？我們以金曲獎最佳作詞者的林夕、方文山為例，觀察他們如何於創作中引渡「中國古典詩詞」，並提供哪些寫作技法，可供參考與學習。

還慢半拍的人，不要只會用麥克風唱歌喔！──趕緊拿出你的巧筆，邊聽音樂邊唱歌，也同時學習寫作技巧吧！

一、林夕的寫作技巧：形象化、意象化、象徵化

歌名	歌詞	化用詩句	象徵
〈紅豆〉	會更明白，相思的哀愁。	此物最相思（王維〈相思〉）	離別思念
〈單行道〉	春眠不覺曉，庸人偏自擾。走破單行道，花落知多少。	春眠不覺曉，花落知多少（孟浩然〈春曉〉）	時光遞嬗
〈開到茶蘼〉	心花怒放，卻開到茶蘼。	開到茶蘼花事了（王淇〈春暮遊小園〉）	盛衰興滅

以林夕為例，創作技巧主要集中在「形象化」、「意象化」、「象徵化」的修辭，也就是用實際的物體來描述抽象的情感。「紅豆」是實體，卻用來描述（抽象的）濃厚纏綿的相思；「單行道」是實體，卻用來比喻人生中彼此（抽象的）錯身而過的遺憾；「花開花謝」是實體，卻用來刻劃（抽象的）興衰榮枯的無常。因而深化了歌

詞中的美感意境。

二、方文山的寫作技巧：鍛鍊「字」的藝術美感

歌名	歌詞	化用詩句	象徵
〈青花瓷〉	天青色等煙雨	雨過天晴雲破處，這般顏色做將來（五代後周世宗柴榮）	等待重逢
〈髮如雪〉	妳髮如雪，淒美了離別。	君不見高堂明鏡悲白髮，朝如青絲暮成雪（李白〈將進酒〉）	離別無奈
〈花戀蝶〉	一半花謝，一半在想誰。	不道歸來，零落花如許（王國維〈蝶戀花〉）	落花相思

　　以方文山為例，「天青色等煙雨」，就是將語序對調，應該是先下完一場煙雨才有雨過天青的景象；「髮如雪」則把等待的漫長時光描述得無怨無悔；「一半花謝，一半想誰」，兩個一半、兩種遺憾，寫出錯過的無奈與深情。這些都說明了方文山鑄造與鍛鍊了「字」的生命力與藝術美感。

　　從林夕、到方文山，我們可以看到「古典詩詞與流行歌曲的對話」，古典詩詞讓這兩位寫手拿到金曲獎最佳作詞人的桂冠，我們也可以透過他們所展現的寫作技法，來幫自己加分。

　　下次唱歌不要只顧著搶麥克風，要邊唱、邊想、邊思考、邊動筆，試著讓自己的文章更凝鍊、更典雅、更有深遠的意境！

推敲

關於鍊字，最有名的傳說便是賈島的「推敲」之擇了。賈島騎著驢往赴京考試的路上，苦思自己寫的「僧推月下門」這句詩，想改「推」為「敲」字，於是做起推、敲的手勢來。一不留神，衝犯了大尹韓愈，賈島只好解釋緣由，韓愈竟與他論起詩來，並認為「敲」較佳。今天，試著修改自己寫過的句子，想想可以換什麼更適當的字吧！

我是 K 歌之王，也是寫作之王！

靜觀

臺北市東湖國中 國九 簡天琪

佳作觀摩

開頭以情境之描寫，表露作者開闊之心胸，呈現萬物「靜觀」皆自得的心境，以為下文之論證，鋪開全文氣勢。

　　立於繁忙馬路旁，聆聽風兒對白晝的頌音；佇足白練瀑布邊，諦聽流水奔騰的狂嘯。擁有一顆澄澈的心，靜觀天地萬物，使山水徜徉於胸壑中，一顆晶瑩的露水、一抹絢麗的赭紅，都可從中汲取人生的智慧。

　　一次與父母郊遊踏青，讓自然在眼中舞揚躍動，我靜靜觀賞著這靈動的世界。眼前淙淙作響的流水不因礫石阻擋而停歇，反而憑著「堅韌的柔」滴水穿石，奔流向汪洋大海，河水那份不斷前進的意念，是一種執著、一種信念，代表著生命的自強不息。孔子也曾望向奔流的河水，喟嘆出：「逝者如斯夫，不捨晝夜。」只要靜觀，必能自得，拂拭雲翳的眼眸，誰言知識一定在書本中？只要你有一雙澄明的眼，洞察萬物，妳會發現：美，處處佇足；智慧，處處蘊藏。

文中能將抽象化的文句，轉為具體化說明，讓讀者對文中的語句更為印象深刻，也更能清楚了解作者所欲表達的意涵。

　　樹林中綠得可雋可永，蒼穹藍得耀眼動人。我從自然山水間淬鍊出人生的智慧。而我也慣於靜觀自己的心靈及感受。張愛玲曾言：「在沒有人與人交接的場合，我充滿著生命的喜悅。」在將一切的塵囂喧譁皆蕩滌過後的澄淨夜裡，我靜默的透視自己真實的情感，濾空腦海中混雜的泥沙，讓心靈沉澱，回歸最初的淡然。靜觀自己的靈魂，諦聽自己的細雨，使我得以重整顛躓的步伐，以踏實的速度走在慢慢的人生長路。西方詩人曾說：「言語屬於時間，靜默屬於永恆。」與知己秉燭相對，靜靜的感受對方細膩的情愫，無聲也勝似有聲。

作者善於鍛鍊文字，藉由語序對調，意境的營造，思想的深化，形塑典雅之文風，智慧之雋語，以期勉眾多讀者。

　　靜觀使生活飄盪溫馨、盈滿真情。踏入青山，我淬鍊出大自然的智慧，放歌一取心動的荒洪；探索內

心，我感受心跳的鼓動，暢飲生命的喜悅，品嘗生命的苦樂。萬物靜觀皆自得。智慧，一如四處飄颺的蒲公英種子；心靈，一如澄淨碧潭的一波波漣漪。

總評：

「靜觀」乃大智慧之境界，唯有對人生有所體悟，方能藉此有所成長。本文從日常生活中談起，以生活、自然為境，說明人如能「靜觀」，便能得美、得知識、得心、得人生，心靈也由此圓滿。

我們在文章寫作時，如能用實際的物體來描述抽象的情感，並運用形象化、意象化、象徵化的修辭技巧，便能讓文章更為生動，同時鍛鍊「字」的藝術美感，更能深化文章的美感意境。

立刻到 175 頁挑戰寫作任務 10 吧！

老樹之歌

說明：某校園有一株九十歲的老樹，向來是學生的精神支柱。一日，強烈颱風來襲，老樹被吹得轟然倒地。第二天早上，到校的師生紛紛發現此事。請想像自己是這株老樹，以第一人稱「我」的觀點寫一篇文章，述說你倒落後的遭遇與感想。

我想冒一次險

說明：馬克吐溫筆下的小湯姆，經常與朋友進行冒險旅程；清朝的沈復則陶醉在花臺蟲草的幻想世界；電影《少年 Pi 的奇幻漂流》的主角，也因一場船難而歷經生死搏鬥，漂流海上 227 天。在每日平凡無奇的生活中，你曾想過放大膽量去做些什麼事嗎？如果給你一次冒險的機會，你想嘗試什麼事呢？請馳騁你的想像力，將這次內心世界的冒險之旅描寫出來。

我想拍攝一部微電影

說明：微電影，是透過鏡頭捕捉周遭人、事、物，譜寫出一個小巧完整且飽含戲劇張力的故事，長度約五至十分鐘。它的題材多元，可以幽默逗趣方式呈現生活中的苦澀與甜美；也可以記錄生態美景與人文風情，傳達對土地的熱愛；更可以秉持公益精神，聚焦弱勢族群，呼籲大眾關懷被遺忘的一群。請你從導演的角度，設想自己正籌備拍攝一部微電影，寫出你的創作理念、劇情、角色、場景、拍攝手法等，以及你希望藉它為大眾帶來何種感受或轉變。

迎著風的時候

說明：微風徐徐，輕拂臉頰的涼意，讓人思緒飄向遠方；強風怒號，呼嘯而過的狂暴讓人打著寒顫。春風和暖、夏風爽朗、秋風蕭瑟、冬風冷冽。風的姿態千變萬化，總帶給人不同的感受。請以「迎著風的時候」為題，寫下你的經驗、感受或想法。

觸動我內心的聲音

說明：傾聽，是細細聆聽，是用心去聽，而不只是聽到。優美的樂音、動人的歌聲、父母朋友關懷的話語、課堂上琅琅的讀書聲、全班哄堂大笑聲、球場上，兩隊奮勁廝殺、士氣高昂的加油打氣聲，還有，蟲鳴鳥叫、風吹林梢、潺潺的流水聲……，各種的聲響充滿著我們周遭。在你的生命中，是否曾有聲音深深觸動你內心？它是什麼樣的聲音？它為什麼打動你？請寫出你聽到這個聲音的情境，以及它帶給你心靈的震撼及感動。

街角一瞥

說明：規劃整齊的街道、雅致優美的建築，相攜漫步的老夫婦、急急趕路的親子……，每時每刻街角都在上映著人間風景，四季不同、晨昏有別。每一種風景，都可能隱藏著不同的故事。你在街角看到什麼？請寫出你看到的景象，並說明你的感受或想法。

赤腳

說明：我們每日出門的時候，必然會穿上鞋，這是基本的服儀禮節。穿鞋，被視為現代文明。但是，有時候我們會脫下鞋，直接打赤腳，讓腳板接觸地面，從而有了特別感受。請以赤腳為題，描敘過程與內心的感受。

最寧靜的片刻

說明：我們都曾經歷過不同的寧靜片刻：也許是深夜時分萬籟俱寂，環境上的安靜無聲；也許是經歷痛苦掙扎，豁然開朗後，內心的平靜安寧；也許只是有好友相伴，撫平紛擾心緒後的平淡情懷……。請回想你曾經歷過最寧靜的片刻，描述當下的氣氛、說明當時寧靜的原因，而在那片刻裡，你內心的感受。

看見〇〇

說明：介紹一個地方、一位人物或一件事情，有沒有不一樣的呈現方式呢？「看見台灣」的導演齊柏林，以空拍方式記錄台灣的美麗與哀愁，帶領大家重新看見不一樣的台灣，讓人驚豔又感動。一個原本我們所熟悉的人事地物，透過我們用眼看、用心聆聽體會，也能有全新的面貌。它，可以是一座城市、一條街道、一間小店、一個人物……。請以「看見〇〇」為題，寫下你的觀察和感受。
1. 〇〇內請填入「描寫的對象」，不限填入字數。
2. 請務必於首行寫明題目，如：「看見自己」、「看見老街溪」。

最〇〇的角落

說明：生活中，許多角落不斷上演著各式各樣的戲碼，可能是霸凌勒索，醜惡的角落；可能是學習討論，知性的角落；可能是笑語談心，溫馨的角落；可能是切斷連繫，孤獨的角落……。請以「最〇〇的角落」為題，寫出這個角落發生的故事及你的感想。

「情動於中，而形於言」，滿溢的情感發諸文字後，苦無更上層樓的引導嗎？
趕快登入 http://blog.u-writing.com/?page_id=5，眾多高手等著幫你打通任督二脈！

靜心時刻 讓心靈放鬆一下，在一筆一畫的著色過程中，釋放壓力、
喚醒創造力，與下個階段的學習，來場美麗的邂逅。

要使生如夏花之絢爛，死如秋葉之靜美。

〜泰戈爾

翻轉寫作大圖破

作者：第七屆聯合盃全國作文大賽優勝同學
定價：300 元

若文字是一顆石頭，圖像就是一片海。
海裡面有什麼，全部由讀者自由詮釋，
　　　　　　　－（台東大學榮譽教授 林文寶）

本書收錄第七屆聯合盃全國作文大賽總決賽首獎、優勝
及各區初賽首獎文章。大賽以「創意不設限」為主題，
打破文字敘述，以「圖片」翻轉寫作。

自命不凡 寫作好手

作者：第八屆聯合盃全國作文大賽優勝同學
定價：300 元

如果有一天題目消失了，
只能憑一段寫作說明來自行命題，
你還能沉著地下筆為文嗎？
打破寫作 SOP，從「自行命題」看最新寫作趨勢！

本書收錄第八屆聯合盃全國作文大賽總決賽首獎、優勝
及各區初賽首獎文章。七大類選文：我寫故我在、課外
生活多有趣、青春進行曲、從經驗中學習、讓想像力奔
馳、人際互動你我他、時事政策之我見。

趨勢寫作 圖表「稿」什麼

作者：第九屆聯合盃全國作文大賽優勝同學
定價：300 元

面對圖表，該如何下筆？
是停留在圖表「說明」，還是能進一步「分析」？
如何在短時間內統整圖、表、文字資訊，
說出自己的看法，是學生該擁有的關鍵能力！

本書收錄第九屆聯合盃全國作文大賽總決賽首獎、優勝
及各區初賽首獎文章。作家教你「多重思考多元寫作」
方法：放射性思考、反向思考、材料庫提取素材、多重
讀圖，讓你一次掌握圖表寫作新趨勢。

40 週寫作覺醒〔心法·示範·評析〕

編　　著：聯合報教育事業部

作　　者：聯合報寫作教室專業教師：吳玟香、吳翊良、李依倫
　　　　　卓貝珊、周育丞、林雅琪、范凱婷、殷永全、高敬堯
　　　　　張懷文、曹雅芬、陳冠勳、陳家鈴、塗佳霖、詹乃凡
　　　　　趙文霙、蔡坤霖、蔡孟軒（依姓名筆劃排序）
　　　　　範文：第七、八、九屆聯合盃全國作文大賽優勝同學

總 策 畫：陳迪智

主　　編：潘素滿

責 任 編 輯：丁振翔、王譽超、鄭曉帆（依姓名筆劃排序）

美 術 編 輯：馬震威

封 面 設 計：鄭如珊

插　　畫：林洛伊

出　　版：聯合報股份有限公司

董 事 長：王文杉

發 行 人：王效蘭

社　　長：項國寧

地　　址：新北市汐止區大同路一段 369 號

讀者服務專線：0809-080-186

初 版 一 刷：2016 年 9 月

定　　價：300 元

40 週寫作覺醒：心法.示範.評析 / 聯合報教育事業部編著. -- 初版. --
新北市：聯合報公司，2016.09
　面；　公分
ISBN 978-986-91209-3-7(平裝)

1.漢語教學 2.作文 3.寫作法 4.中學教學

524.313　　　　　　　　　　　　　　　　　　　105016865